U0165813

# 華語文閱讀測驗 初級篇 Elementary

## Easy to Learn Chinese

楊琇惠 編著

# 序

　　感謝北科大教學卓越計畫的支持，讓本團隊得以無後顧之憂，專心且持續地耕耘於華語教材這塊園地。

　　從第一本華語書的撰寫迄今，本團隊已於五南圖書出版了多本不同等級的華語教材，然而一直沒能研發驗收學生學習成果的測驗書籍，對此，本團隊深以為憾。是以為了使這個園地更加完整，更加完善，這回我們著手進行了華語閱讀測驗的編撰。

　　依於程度的高低，及需求的不同，我們擬計畫出版三本閱讀測驗，現在這本是專為學習華語一年左右的初級生所設計的，日後會再陸續出版中級及高級的閱讀測驗讀本。

　　在編書上，本團隊一向秉持著實用、活潑、創新的宗旨，如是的理念在此閱讀測驗本中亦處處可見。首先，就內容而言，本書依於學生在日常生活上可能遇到的實際情況，而將課文分成表格、對話、短文三類，試圖以多元的形式來增進學生的閱讀能力，例如，就表格而言，書中就出現了租屋廣告、學校通知單、餐廳價目表……等等，篇篇精彩，篇篇實用。再者，就編排而言，本書乃是以課文、問題及單字的順序來排版；所以會將單字置於最後，乃是為了能讓學生進行自我測驗之用。其實，本書除了能讓學生獨自閱獨並測驗外，還可以作為老師上課的教材，亦即老師可以一課一課地依於單元來進行教學；教學後，再以後面的問題來測驗學生對課文的理解。是以本書雖名為「閱讀測驗」，實則使用者可以依其所需，進行教學或學習上的變化。

　　最後，本書的編撰要感謝吟屏及禹宣兩位助理的協助，因為書中每一篇精彩、生動的文章，都是來自於她們源源不斷的新點子及創意，因此可以說沒有她們，便沒有這本書的誕生。然而，由於初次編寫測驗類書，經驗不足，難免有不周之處，還請各界大老不吝斧正，多多指教。

楊琇惠

北科大文化事業發展系

民國100年12月17日

# CONTENTS

目錄

CONTENTS 目錄

CONTENTS

目錄

CONTENTS 目錄

# 單元一　表格

# 一. 通 知
## tōngzhī

## (一) 兩則通知
### liǎngzé tōngzhī

(A)

---

2011/4/18

通 知
tōngzhī

4/25(一) 開 始
kāishǐ

「初 級 英 文 課」在C301
chūjí　　yīngwénkè　zài

教 室 上 課
jiàoshì　　shàngkè

英 文 系 辦 公 室
yīngwénxì　　bàngōngshì

(B)

2011/4/20

通　知
tōngzhī

王　小英　老師　今天　感冒，
Wáng　Xiǎoyīng　lǎoshī　jīntiān　gǎnmào

下午　「中文　課」　停課　一次，
xiàwǔ　　zhōngwénkè　　tíngkè　yícì

請　同學　互相　轉告。
qǐng　tóngxué　hùxiāng　zhuǎngào

中文系　　辦公室
zhōngwénxì　　bàngōngshì

## (二)問題
wèn tí

———— 1. 學生4/18的時候最可能會在哪裡看到(A)這則通知？

    (A) 校長的辦公室

    (B) C301教室

    (C) 初級英文課的教室

    (D) 學校門口

———— 2. 如果學生想要知道「為什麼在C301教室上課」，可以去哪裡問？

    (A) 英文系的辦公室

    (B) C301教室

    (C) 中文系的辦公室

    (D) 初級英文課的教室

———— 3. 通知(B)想要告訴學生的是什麼？
　　　(A) 告訴學生「今天的日期」
　　　(B) 告訴學生「要上什麼課」
　　　(C) 告訴學生「今天不用上課」
　　　(D) 告訴學生「王老師做了什麼事情」

———— 4. 通知(B)希望學生做什麼事情？
　　　(A) 請學生上別的老師的中文課
　　　(B) 告訴王小英老師今天不用上課
　　　(C) 告訴看到通知的同學王小英老師感冒了
　　　(D) 告訴沒看到通知的同學今天不用上中文課

———— 5. 下面哪一個正確？
　　　(A) 4/25的初級英文課不用上課
　　　(B) 4/18的初級英文課在C301教室上課
　　　(C) 4/20以後學生不用上中文課
　　　(D) 4/20那一天王小英老師不能上課

## (三) 生 詞 shēngcí

| | 生詞 | 漢語拼音 | 文意解釋 |
|---|---|---|---|
| 1 | 通知 | tōngzhī | to notice, to inform, to notify |
| 2 | 則 | zé | measure word for short articles, such as news, jokes, etc |
| 3 | 初級 | chūjí | elementary |
| 4 | 英文系 | yīngwénxì | department of English |
| 5 | 停課 | tíngkè | suspend class |
| 6 | 互相 | hùxiāng | mutual, each other |
| 7 | 轉告 | zhuǎngào | pass on |
| 8 | 中文系 | zhōngwénxì | department of Chinese |

# 二. 出 租 房 子
chūzū   fángzi

出 租
chūzū

近 臺灣大學 / 電梯大樓 九樓
jìn Táiwāndàxué diàn tī dàlóu jiǔlóu

兩 房 一 廳 一 衛
liǎngfáng yìtīng yíwèi

月 租 一 萬 元
yuèzū yíwànyuán

全 新 裝 潢
quánxīnzhuānghuáng

看 屋 請 先 來 電
kànwū qǐngxiān láidiàn

電 話：(02)29876543
diànhuà

或0911234567 林 先 生
huò Lín xiānshēng

## (二)問 題
wèn tí

_____ 1. 誰想出租房子？
  (A) 林先生
  (B) 李太太
  (C) 王老師
  (D) 陳同學

_____ 2. 如果有人想租一年的房子，要給多少錢？
  (A) 10,000
  (B) 60,000
  (C) 100,000
  (D) 120,000

_____ 3. 這間房子的附近有什麼？
  (A) 學校
  (B) 公園
  (C) 公車站
  (D) 郵局

_____ 4. 下面哪一個正確？
  (A) 屋子的裝潢是舊的
  (B) 要看屋只能爬樓梯上樓
  (C) 兩支電話都可以找到林先生
  (D) 屋子只能租一個月

_____ 5. 如果有人想要看屋，他必須先做什麼？
  (A) 打電話給林先生
  (B) 寫e-mail給林先生
  (C) 幫林先生裝潢屋子
  (D) 直接去電梯大樓找林先生

## (三)生 詞
shēngcí

| | 生詞 | 漢語拼音 | 文意解釋 |
|---|---|---|---|
| 1 | 租 | zū | rent |
| 2 | 電梯 | diàntī | elevator |
| 3 | 廳 | tīng | living room |
| 4 | 衛 | wèi | bathroom |
| 5 | 月租 | yuèzū | monthly rent |
| 6 | 全新裝潢 | quánxīnzhuānghuáng | newly decoration |
| 7 | 來電 | láidiàn | incoming phone call, incoming telegram |

# 三.商店徵人
## shāngdiàn zhēng rén

**㈠廣 告**
guǎnggào

【Oh Yeah　商 店】
shāng diàn

徵
zhēng

早 晚 班　工 作 人 員
zǎowǎnbān　gōngzuòrényuán

有 經 驗　尤 佳
yǒujīngyàn　yóujiā

男 女 皆 可　年　齡：20～35
nánnǚjiēkě　niánlíng

活 潑・熱 情・負 責
huópô　rèqíng　fùzé

★早 班 9：00～15：30 ★晚 班 15：30～22：00
zǎobān　wǎnbān

有 意 者 請 E-mail 履 歷 至：iwantyou@coldmail.com
yǒuyìzhě qǐng　lǚlì zhì

或 來 電：（02）1234-5678 洽　林　先　生
huò　láidiàn　qià　Lín　xiānshēng

## (二)問題
wèn tí

_____ 1. 下面哪個人可以應徵這份工作？

(A) 林小姐，25歲

(B) 王先生，38歲

(C) 陳先生，42歲

(D) 劉小姐，16歲

_____ 2. 如果你每天下午三點下課，想做這個工作，什麼時候可以？

(A) 晚班

(B) 早班

(C) 都可以

(D) 都不行

_____ 3. 下面哪個人不是這間店想要找的人？

(A) 喜歡和人說話的小強

(B) 準時完成工作的劉先生

(C) 不愛說話的美美

(D) 愛關心別人的林小姐

_____ 4. 「有經驗尤佳」這句話，你覺得是什麼意思？

(A) 有沒有一樣的工作經驗並沒有關係

(B) 以前如果有一樣的工作經驗，比較容易得到這份工作

(C) 以前沒有一樣的工作經驗，比較容易得到這份工作

(D) 得到這份工作，可以學習到很多的經驗

_____ 5. 以下哪一個是「履歷」中最不可能出現的？

(A) 電話

(B) 以前做過的工作

(C) 照片

(D) 喜歡吃的東西

(三)生 詞
shēngcí

|  | 生詞 | 漢語拼音 | 文意解釋 |
|---|---|---|---|
| 1 | 徵 | zhēng | hire |
| 2 | 經驗 | jīngyàn | experience |
| 3 | 尤佳 | yóujiā | preferred |
| 4 | 活潑 | huópō | vigorous, sprightly |
| 5 | 熱情 | rèqíng | passion |
| 6 | 負責 | fùzé | responsible |
| 7 | 來電 | láidiàn | incoming phone call, incoming telegram |
| 8 | 有意者 | yǒuyìzhě | interested parties |
| 9 | 履歷 | lǚlì | resume |
| 10 | 至 | zhì | arrive, reach |
| 11 | 洽 | qià | to consult with, to arrange with |

# 四. 標 語
## biāoyǔ

**(一) 五則標語和問題**
wǔzé biāoyǔ hé wèntí

A

## 請 隨 手 關 燈
qǐng suíshǒu guāndēng

────── 1. 圖A上面這幾個字的意思是？
(A) 請不要開燈
(B) 請記得開燈
(C) 請不要關燈
(D) 請記得關燈

B

## 請 留下 您 的 足跡，不 要 留下 垃圾
qǐng liúxià nín de zújī búyào liúxià lèsè

────── 2. 你做什麼事情的時候可能會看到圖B？
(A) 上課
(B) 吃飯
(C) 爬山
(D) 倒垃圾

C

室 內 與 公 共 場 所 禁 止 抽 煙
shìnèi yǔ gonggòngchǎngsuǒ jìnzhǐ chōuyān

———— 3. 圖C 不可以在哪裡抽煙？

　　　(A) 教室

　　　(B) 公園

　　　(C) 餐廳

　　　(D) 以上皆是

D

保 護 環 境，人 人 有 責
bǎohù huánjìng rénrén yǒuzé

———— 4. 圖D 這幾個字希望大家做什麼事情？

　　　(A) 天天開冷氣

　　　(B) 不要關燈

　　　(C) 不要隨便留下垃圾

　　　(D) 帶走公園裡的花

E

水 深 危 險，禁 止 游 泳
shuǐshēnwéixiǎn jìnzhǐ yóuyǒng

———— 5. 圖E 這張圖告訴你什麼事情？

　　　(A) 在這裡游泳很危險，不可以在這裡游泳

　　　(B) 在這裡可以游泳

　　　(C) 這裡沒有水，所以不能游泳

　　　(D) 在這裡只能游泳，不可以做其他事情

## (二)生 詞
### shēngcí

| | 生詞 | 漢語拼音 | 文意解釋 |
|---|---|---|---|
| 1 | 標語 | biāoyǔ | slogan, poster |
| 2 | 隨手 | suíshǒu | doing something without extra effort or motion |
| 3 | 足跡 | zújī | footprint |
| 4 | 垃圾 | lèsè | rubbish |
| 5 | 室內 | shìnèi | indoor |
| 6 | 公共場所 | gōnggòngchǎngsuǒ | public area |
| 7 | 禁止 | jìnzhǐ | forbid |
| 8 | 抽煙 | chōuyān | smoke |
| 9 | 保護環境<br>人人有責 | bǎohùhuánjìng rénrényǒuzé | To protect our environment, it is everyone's responsibility. |
| 10 | 水深危險 | shuǐshēnwéixiǎn | danger, deep water |

# 五. 書 店
shūdiàn

## ㈠廣 告
guǎnggào

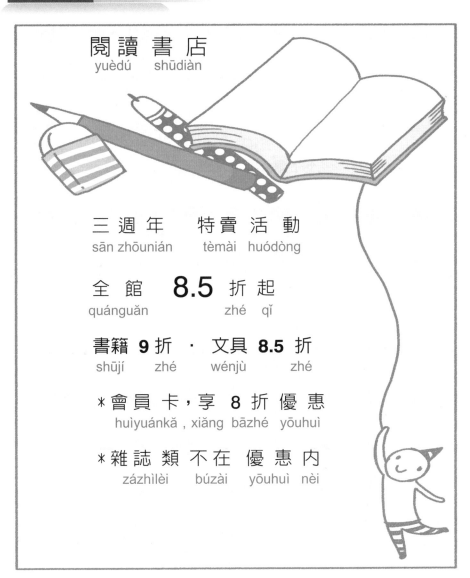

閱 讀 書 店
yuèdú  shūdiàn

三 週 年　　特 賣 活 動
sān zhōunián　　tèmài huódòng

全 館　8.5　折 起
quánguǎn　　zhé　qǐ

書籍 **9** 折 · 文具 **8.5** 折
shūjí　zhé　wénjù　　zhé

＊會 員 卡，享 **8** 折 優 惠
huìyuánkǎ , xiǎng bāzhé yōuhuì

＊雜 誌 類 不 在 優 惠 內
zázhìlèi　búzài　yōuhuì nèi

## (二)問題
wèntí

———— 1. 這是一間賣什麼東西的店？
(A) 麵包
(B) 書
(C) 食物
(D) 衣服

———— 2. 這間店為什麼要打折？
(A) 要關門了
(B) 要搬家了
(C) 慶祝這間店開了三年
(D) 沒有客人想去這家店

———— 3. 王同學買了一枝40元的筆，請問要給多少錢？
(A) 34元
(B) 35元
(C) 30元
(D) 32元

———— 4. 李先生想買一本200元的汽車雜誌，請問要給多少錢？
(A) 180元
(B) 170元
(C) 200元
(D) 175元

———— 5. 有一個會員，買了500元的東西，請問要給多少錢？
(A) 475元
(B) 425元
(C) 450元
(D) 400元

(三)生 詞
shēngcí

| | 生詞 | 漢語拼音 | 文意解釋 |
|---|---|---|---|
| 1 | 書店 | shūdiàn | bookstore |
| 2 | 週年 | zhōunián | anniversary |
| 3 | 特賣活動 | tèmài huódòng | sale |
| 4 | 折 | zhé | discount |
| 5 | 書籍 | shūjí | books |
| 6 | 文具 | wénjù | stationery |
| 7 | 會員卡 | huìyuánkǎ | membership card |
| 8 | 享 | xiǎng | to have the use(or benefit) of |
| 9 | 雜誌 | zázhì | magazine |
| 10 | 優惠 | yōuhuì | preferential, favorable |

# 六. 高鐵
## gāotiě

單程票
dānchéngpiào

2011/08/07

車次/Train 408
chēcì

台北 Taipei
09:54

➡ 台中 Taichung
10:50

標準廂
biāozhǔnxiāng

乘客/PSGR 1
chéngkè

車廂/car 4
chēxiāng

座位/seat 13A
zuòwèi

NT 700 現金
xiànjīn

成人
chéngrén

11-1-22-0-11-0603

2011/06/01發行
fāxíng

背面朝上　插入票口

_____ 1. 這張車票的開車日期是？
　　　(A) 2011/08/07
　　　(B) 2011/06/01
　　　(C) 2011/01/22
　　　(D) 2011/06/03

_____ 2. 出發的地點是哪裡？
　　　(A) 台北
　　　(B) 台中
　　　(C) 台北或台中都可以
　　　(D) 不一定

_____ 3. 這張車票可以使用幾次？
　　　　(A) 1次
　　　　(B) 2次
　　　　(C) 3次
　　　　(D) 不一定

_____ 4. NT2,000元可以買到幾張成人車票？
　　　　(A) 1張
　　　　(B) 2張
　　　　(C) 3張
　　　　(D) 4張

_____ 5. 如果林先生想在下午一點以前到台中，他應該買哪個車次的車
票比較好？

| | 車次 | 台北開車時間 |
|---|---|---|
| (A) | 151 | 11:39 |
| (B) | 645 | 12:21 |
| (C) | 657 | 12:45 |
| (D) | 701 | 13:00 |

## (三) 生詞
shēngcí

| | 生詞 | 漢語拼音 | 文意解釋 |
|---|---|---|---|
| 1 | 高鐵 | gāotiě | high speed rail |
| 2 | 車票 | chēpiào | ticket |
| 3 | 單程票 | dānchéngpiào | one-way ticket |
| 4 | 車次 | chēcì | train number |
| 5 | 標準廂 | biāozhǔnxiāng | standard car |
| 6 | 乘客 | chéngkè | passenger |
| 7 | 車廂 | chēxiāng | car, railroad car, carriage |
| 8 | 座位 | zuòwèi | seat |
| 9 | 現金 | xiànjīn | cash |
| 10 | 發行 | fāxíng | sold on |

# 七. 火 鍋 店
## huǒguōdiàn

**(一)價目表**
jiàmùbiǎo

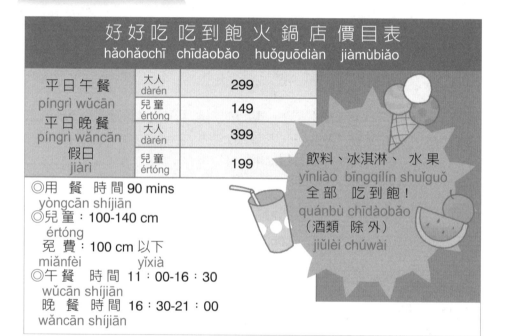

| 好 好 吃 吃 到 飽 火 鍋 店 價 目 表 hǎohǎochī chīdàobǎo huǒguōdiàn jiàmùbiǎo | | |
|---|---|---|
| 平日午餐 píngrì wǔcān | 大人 dàrén | 299 |
| | 兒童 értóng | 149 |
| 平日晚餐 píngrì wǎncān | 大人 dàrén | 399 |
| 假日 jiàrì | 兒童 értóng | 199 |

◎用 餐 時 間 90 mins
　yòngcān shíjiān
◎兒童：100-140 cm
　értóng
　免 費：100 cm 以下
　miǎnfèi　　　yǐxià
◎午餐 時間 11：00-16：30
　wǔcān shíjiān
　晚 餐 時 間 16：30-21：00
　wǎncān shíjiān

飲料、冰淇淋、 水果
yǐnliào bīngqílín shuǐguǒ
全部 吃到飽！
quánbù chīdàobǎo
（酒類 除外）
jiǔlèi chúwài

**(二)問題**
wèntí

──────── 1. 林先生平日下午三點去吃火鍋，請問他要給多少錢？

　　(A) 299

　　(B) 399

　　(C) 329

　　(D) 439

———— 2. 晚上八點，林先生帶著五個月大的兒子去吃火鍋，請問一共要
多少錢？
(A) 299
(B) 448
(C) 399
(D) 598

———— 3. 下面哪一樣東西不是吃到飽？
(A) 可樂
(B) 冰淇淋
(C) 蘋果
(D) 啤酒

———— 4. 王先生全家從晚上七點開始吃火鍋，他們最晚可以吃到幾點?
(A) 七點半
(B) 八點
(C) 八點半
(D) 九點

———— 5. 我們不能從價目表知道什麼？
(A) 火鍋店的名字
(B) 火鍋店的地址
(C) 用餐時間
(D) 吃火鍋該給多少錢

## (三) 生 詞
shēngcí

| | 生詞 | 漢語拼音 | 文意解釋 |
|---|---|---|---|
| 1 | 火鍋店 | huǒguōdiàn | hot pot restaurant |
| 2 | 吃到飽 | chīdàobǎo | all you can eat buffet |
| 3 | 價目表 | jiàmùbiǎo | price list |
| 4 | 平日 | píngrì | weekday |
| 5 | 大人 | dàrén | adult |
| 6 | 兒童 | értóng | children |
| 7 | 假日 | jiàrì | holiday |
| 8 | 用餐時間 | yòngcānshíjiān | mealtime |
| 9 | 以下 | yǐxià | below, under |
| 10 | 免費 | miǎnfèi | free |
| 11 | 酒類 | jiǔlèi | alcohol |
| 12 | 除外 | chúwài | except |

# 八. 學 生 生 活 備 忘 錄
## xuéshēng　shēnghuó　bèiwànglù

---

### 4/18 (三)　備 忘 錄
### bèiwànglù

9：00　　中 文 課 考 試
　　　　zhōngwén kè　kǎoshì

11：30　聚 餐
　　　　jùcān

18：30　參 加 運 動　比 賽
　　　　cānjiā　yùndòng　bǐsài

★小 王 約　中 午 看 電 影，回 電 拒 絶！
　Xiǎowáng yuē zhōngwǔ　kàndiànyǐng,　huídiàn jùjué
★買 牛 奶
　mǎi　niúnǎi
★週 末 和 家 人 聚 餐
　zhōumò hé jiārén　jùcān
★寄 信
　jìxìn

---

## ㈡問題
wèntí

_____ 1. 今天是4月18日，請問週末可能是哪一天？

 (A) 4月23日

 (B) 4月20日

 (C) 4月21日

 (D) 4月19日

_____ 2. 「備忘錄」最不可能有什麼東西？

 (A) 和朋友聊天的東西

 (B) 重要的事

 (C) 不能忘記的事

 (D) 容易弄錯的事

_____ 3. 這個人今天不會去什麼地方？

 (A) 學校

 (B) 郵局

 (C) 電影院

 (D) 超市

_____ 4. 這個人要去的比賽不會是下面哪一個？

 (A) 滑雪

 (B) 游泳

 (C) 籃球

 (D) 畫畫

_____ 5. 你覺得「回電」是什麼意思？

 (A) 寫電子郵件

 (B) 打電話

 (C) 當面說話

 (D) 請別人告訴他

## (三)生 詞
shēngcí

| | 生詞 | 漢語拼音 | 文意解釋 |
|---|---|---|---|
| 1 | 備忘錄 | bèiwànglù | memorandum |
| 2 | 中文課 | zhōngwén kè | Chinese class |
| 3 | 考試 | kǎoshì | examination, test |
| 4 | 聚餐 | jùcān | dine together |
| 5 | 參加 | cānjiā | participate |
| 6 | 比賽 | bǐsài | competition |
| 7 | 看電影 | kàn diànyǐng | see a movie |
| 8 | 回電 | huídiàn | return your call |
| 9 | 拒絕 | jùjué | reject |
| 10 | 買 | mǎi | buy |
| 11 | 牛奶 | niúnǎi | milk |
| 12 | 週末 | zhōumò | weekend |
| 13 | 寄信 | jìxìn | to send or mail a letter |

# 九．好美味餐廳
## hǎoměiwèi　cāntīng

(一)餐廳　名片
cān ting míngpiàn

好美味餐廳
hǎoměiwèi　cāntīng

地址：台北市大安路123號
dìzhǐ：Táiběishì dàānlù　　hào
電話：(02)1234-5678
diànhuà
時間：中午12：00～晚上10：00
shíjiān：zhōngwǔ　　　　wǎnshàng
　　　（每週一休息）
　　　měizhōuyī xiūxí
★三個主餐以上可外送
　sānge zhǔcān yǐshàng kě wàisòng
〈預約　請於早上10：00～下午5：00來電，
〈yùyuē qǐngyú zǎoshàng　　　xiàwǔ　láidiàn,
座位　保留10分鐘〉
zuòwèi bǎoliú fēnzhōng〉

● 菜單 ●
càidān

| 主餐 zhǔcān | 飲料 yǐnliào |

漢堡‧‧75
hànbǎo

牛肉麵‧‧80
niúròumiàn

薯條‧‧50
shǔtiáo

炸雞‧‧70
zhájī

果汁‧‧35
guǒzhī

紅茶‧‧35
hóngchá

咖啡‧‧35
kāfēi

## (二)問題
wèntí

_____ 1. 如果想預約這家餐廳，什麼時候打電話比較好？
(A) AM 9：00
(B) PM 1：00
(C) PM 6：00
(D) PM 8：00

_____ 2. 預約的時間是下午三點十五分，下列哪個時間到餐廳，座位就不保留了？
(A) PM 3：15
(B) PM 3：18
(C) PM 3：20
(D) PM 3：30

_____ 3. 如果今天是3月18日（星期五），什麼時候這家餐廳休息？
(A) 3月28日
(B) 3月20日
(C) 3月23日
(D) 3月25日

_____ 4. 已經點了一個漢堡和一個炸雞，如果想請餐廳幫你送來，還可以再點什麼？
(A) 紅茶
(B) 果汁
(C) 牛肉麵
(D) 咖啡

_____ 5. 一份薯條、一份牛肉麵和兩杯果汁，需要多少錢？
(A) 185元
(B) 200元
(C) 205元
(D) 220元

## (三)生詞
shēngcí

| | 生詞 | 漢語拼音 | 文意解釋 |
|---|---|---|---|
| 1 | 名片 | míngpiàn | visiting card, business card |
| 2 | 餐廳 | cāntīng | restaurant |
| 3 | 預約 | yùyuē | to make an appointment |
| 4 | 外送 | wàisòng | (home) delivery service |
| 5 | 休息 | xiūxí | closed |
| 6 | 以上 | yǐshàng | more than |
| 7 | 座位 | zuòwèi | seat |
| 8 | 保留 | bǎoliú | to reserve |
| 9 | 菜單 | càidān | menu |
| 10 | 主餐 | zhǔcān | main meal |
| 11 | 飲料 | yǐnliào | drink |
| 12 | 漢堡 | hànbǎo | hamburger |
| 13 | 炸雞 | zhájī | fried chicken |
| 14 | 薯條 | shǔtiáo | French fries |
| 15 | 牛肉麵 | niúròu miàn | beef noodles |
| 16 | 果汁 | guǒzhī | fruit juice |

# 十 . 火 車
## huǒchē

<br>

## (一)時刻表
### shíkèbiǎo

**火車時刻表**
**huǒchē shíkèbiǎo**

| 台北 →<br>Táiběi | 高 雄<br>Gāoxióng | 發車 時間（預計車程 3小時 30分鐘）<br>fāchē shíjiān yùjì chēchéng xiǎoshí fēnzhōng | | | |
|---|---|---|---|---|---|
| 9:00 | 12:45 | 15:00 | 17:15 | ＊19:30 | 21:45 |
| 10:30 | 13:30 | 15:45 | ＊18:00 | 20:15 | 22:30 |
| 12:00 | 14:15 | 16:30 | ＊18:45 | 21:00 | 23:15 |

### 注 意 事 項
### zhùyì shìxiàng

| | |
|---|---|
| 全 票 300 元<br>quánpiào yuán | 1.「＊」尖 峰 時刻，加開 班次。<br> jiānfēng shíkè jiākāi bāncì |
| 學 生 票 200 元<br>xuéshēng piào yuán | 2.兒童140cm 以下 半票。<br> értóng yǐxià bànpiào |
| 半 票 150 元<br>bànpiào yuán | |
| 軍 警 票 250 元<br>jūnjǐng piào yuán | |

## (二)問題
### wèntí

———— 1. 你可能會在哪裡看到這個時刻表？

(A) 學校

(B) 醫院

(C) 車站

(D) 公園

_____ 2. 林先生想在晚上六點前到高雄，他最晚可以坐幾點的車？

(A) 15：45

(B) 13：30

(C) 15：00

(D) 14：15

_____ 3. 王先生是警察，想帶他五歲的小孩坐車，請問要多少錢？

(A) 400元

(B) 450元

(C) 350元

(D) 300元

_____ 4. 你覺得「尖峰時刻」是什麼時候？

(A) 12：00～15：00

(B) 18：00～20：00

(C) 16：00～18：00

(D) 20：00～22：00

_____ 5. 你覺得「加開班次」是什麼意思？

(A) 坐車的人太少，所以可能不會發車

(B) 那個時候坐車比較便宜

(C) 坐車的人太多，所以會多開幾班車

(D) 那個時候坐車要花比較多時間

## (三) 生 詞
shēngcí

| | 生詞 | 漢語拼音 | 文意解釋 |
|---|---|---|---|
| 1 | 火車 | huǒchē | train |
| 2 | 時刻表 | shíkèbiǎo | train schedule |
| 3 | 發車時間 | fāchē shíjiān | departure time |

| | 生詞 | 漢語拼音 | 文意解釋 |
|---|---|---|---|
| 4 | 預計 | yùjì | estimate |
| 5 | 車程 | chēchéng | The distance a vehicle travels, drive |
| 6 | 小時 | xiǎoshí | hour |
| 7 | 分鐘 | fēnzhōng | minute |
| 8 | 注意事項 | zhùyì shìxiàng | attentions |
| 9 | 全票 | quánpiào | full fare ticket |
| 10 | 學生票 | xuéshēng piào | student tickets |
| 11 | 半票 | bànpiào | half-price ticket |
| 12 | 軍警票 | jūnjǐng piào | military, police discount ticket |
| 13 | 尖峰時刻 | jiānfēng shíkè | rush hour |
| 14 | 加開班次 | jiākāi bāncì | speed up train service |
| 15 | 兒童 | értóng | children |
| 16 | 以下 | yǐxià | below, under |

# 單元二　對話

# 十一. 全家人的 照片
## quánjiārén de zhàopiàn

**(一)對話**
duìhuà

書華：這 是 你們 全家人的 照片 嗎？
Shūhuá　　zhèshì　nǐmen　quánjiārén de zhàopiàn ma

家明：不 是，這 張 少 了 我 姊姊。
Jiāmíng　　búshì　zhèzhāng　shǎole　wǒ jiějie

書華：哇！你的 爸爸 長 得 好 帥 啊！
Shūhuá　wa　nǐ de　bàba　zhǎngde hǎo shuài a

　　　他的 工作 是 什麼？
　　　tā de　gōngzuò shì shéme

家明：他 是 中 文 老師。
Jiāmíng　tā shì zhōngwén lǎoshī

書華：你的 媽媽 呢？
Shūhuá　nǐ de māma ne？

家明：跟 我 的 爸爸 一樣 是 老師，
Jiāmíng　gēn wǒ de bàba　yíyàng shì lǎoshī

　　　不 過 她 教 英文。
　　　bú guò tā　jiao yīngwén

書華：這 兩個 男孩子 都 是 你的 哥哥 嗎？
Shūhuá　zhè liǎngge nánháizi　dōushì nǐ de gēge ma

家　明：不是，這個是我的哥哥，他在 當 醫生。
Jiāmíng　búshì　zhèige shì wǒ de gēge　tā zài dāng yīshēng。

　　　　那 個 是 我 的 弟弟，跟 我們 一樣 是 學生。
　　　　nèige shì wǒ de dìdi　gēn wǒmen yíyàng shì xuéshēng。

書　華：所以 你們家 一共 有四個 孩子？
Shūhuá　suǒyǐ　nǐménjiā yígòng yǒu sìge háizi？

家　明：對，比 你們家 少 一個。
Jiāmíng　duì　bǐ nǐmenjiā shǎo yíge

## (二)問題
wèntí

_____ 1. 家明說：「這張少了我姊姊」，家明的意思是什麼？
　　　(A) 家明沒有姊姊。
　　　(B) 家明的姊姊不在照片裡
　　　(C) 家明的姊姊照片很少
　　　(D) 家明的哥哥很多

_____ 2. 家明的媽媽是？
　　　(A) 學生
　　　(B) 醫生
　　　(C) 英文老師
　　　(D) 中文老師

_____ 3. 家明是他們家第幾個孩子？
　　　(A) 第一個
　　　(B) 第二個
　　　(C) 第三個
　　　(D) 第四個

_____ 4. 下面哪一個正確？

      ⒜ 家明家一共有6個人

      ⒝ 書華家一共有4個孩子

      ⒞ 家明有2個哥哥，一個姊姊

      ⒟ 書華的爸爸教中文

_____ 5. 家明爲什麼說「比你們家少一個」？

      ⒜ 書華家的孩子比較少

      ⒝ 家明家的孩子比較多

      ⒞ 書華家一共有3個孩子

      ⒟ 書華家比家明家多一個孩子

## ㈢生 詞 shēngcí

| | 生詞 | 漢語拼音 | 文意解釋 |
|---|---|---|---|
| 1 | 全家人 | quánjiārén | whole family |
| 2 | 帥 | shuài | handsome |
| 3 | 不過 | búguò | but, however |
| 4 | 當 | dāng | to work as |

# 十二. 在 教室裡
## zài jiàoshì lǐ

家 明：子英，今天 早上 的 數學 考試，
Jiāmíng　Zǐyīng　jīntiān zǎoshàng de　shùxué kǎoshì

妳 考了 幾分？
nǐ　kǎole　jǐfēn

子 英：一百分。你 怎麼 會問 我 這個 問題？
Zǐyīng　yìbǎifēn　nǐ zěnme　huì wèn wǒ zhèige　wèntí

家 明：一百分！？好 屬害 啊！我 的 分數 是妳的
Jiāmíng　yìbǎifēn　hǎo　lìhài　a　wǒ de　fēnshù shì nǐ de

一半……
yíbàn

子 英：你 如果 有 不懂 的 地方，我 可以 教 你。
Zǐyīng　nǐ rúguǒ yǒu bùdǒng de dìfāng　wǒ kěyǐ jiāo nǐ

只要 你 好好努力，一個 星期 後 的 考試，
zhǐyào nǐ hǎohǎo nǔlì　yíge xīngqí hòu de kǎoshì

你一定 會進步的！
nǐ yídìng huì jìnbù de

家 明：謝謝妳！對了，子英，妳 明天 晚 上
Jiāmíng　xièxienǐ　duìle　Zǐyīng　nǐ míngtiān wǎnshàng

有 空 嗎？
yǒukòng ma

子　英：明　天？你是說　星期五晚　上　⋯⋯
Zǐyīng　　míngtiān　nǐ shì shuō xīngqíwǔ wǎnshàng

林老師：家　明！現　在　是　上　課　時　間。請你看
Línlǎoshī　Jiāmíng　xiànzài shì　shàngkè shí jiān　qǐng nǐ kàn

　　　　黑　板，不要　聊　天。
　　　　hēibǎn　búyào　liáotiān

家　　明：老師，我們　沒有　聊　天，我只是想　問
Jiāmíng　lǎoshī　wǒmen méiyǒu liáotiān　wǒ zhǐshì xiǎng wèn

　　　　子英　一個　問題。
　　　　zǐyīng　yíge　wèntí

林老師：你如果　有　問　題，應該問我，不　是　問
Línlǎoshī　nǐ rúguǒ　yǒu　wèntí　yīnggāi wèn wǒ　búshì　wèn

　　　　同　學。
　　　　tóngxué

家　　明：好吧！林老師，妳星期五晚　上　願意跟
Jiāmíng　hǎo ba　Línlǎoshī　nǐ　xīngqíwǔ wǎnshàng yuànyì gēn

　　　　我約會嗎？
　　　　wǒ yuēhuì ma

## (二)問題
wèntí

――――――― 1. 家明今天早上的數學考了幾分？
　　　　　(A) 0分
　　　　　(B) 25分
　　　　　(C) 50分
　　　　　(D) 99分

———— 2. 下個星期幾有數學考試？
　　　(A) 星期二
　　　(B) 星期三
　　　(C) 星期四
　　　(D) 星期五

———— 3. 家明和子英在哪裡聊天？
　　　(A) 圖書館
　　　(B) 餐廳
　　　(C) 公園
　　　(D) 教室

———— 4. 家明爲什麼會說「對了」？
　　　(A) 家明覺得子英說的話是對的
　　　(B) 家明想要問子英別的事情
　　　(C) 家明覺得子英說的話是錯的
　　　(D) 沒有特別的意思

———— 5. 請選出對的。
　　　(A) 子英願意教家明數學
　　　(B) 家明禮拜五晚上要跟林老師約會
　　　(C) 子英的數學成績不好
　　　(D) 子英和家明沒有在上課的時候聊天

## (三)生詞
shēngcí

|  | 生詞 | 漢語拼音 | 文意解釋 |
|---|---|---|---|
| 1 | 數學 | shùxué | mathematics |
| 2 | 厲害 | lìhài | great |
| 3 | 分數 | fēnshù | a mark, a grade, a score |
| 4 | 只要 | zhǐyào | so long as |
| 5 | 對了 | duìle | by the way |
| 6 | 只是 | zhǐshì | merely, only, just |
| 7 | 約會 | yuēhuì | date |

# 十三. 在 餐廳 裡
## zài cāntīng lǐ

### (一) 對話
### duìhuà

服務生：有 什麼可以爲您服務 的 嗎？
fúwù shēng　yǒu shéme kěyǐ wèi nín fúwù　de ma

王 先生：　你們 的 東西怎麼 這麼 難吃！
Wáng xiānshēng　nǐmen　de　dōngxi zěnme zhème　nánchī

　　　　　　爲了這頓 午飯，我 等了 這麼 久
　　　　　　wèile zhè dùn wǔfàn　wǒ děngle zhème　jiǔ

　　　　　　的 時間，眞 是 不值得。
　　　　　　de shíjiān　zhēnshì bù zhídé

服務生：不會吧！很 多客人對我們　的 評價
fúwù shēng　búhuì ba　hěnduō kèrén duì wǒmen　de píngjià

　　　　　　一向　都 很 好的。
　　　　　　yí xiàng dōu hěnhǎo de

王 先生：　你看！我 點的是 全 熟，這塊　肉
Wáng xiānshēng　nǐ kàn　wǒ diǎn de shì quán shóu zhè kuài　ròu

　　　　　　都 沒 熟，湯 喝起來也 太 鹹 了，
　　　　　　dōu méi shóu tāng hēqǐlái yě tài xián le

　　　　　　而且你們　上 菜的速度太 慢，我 眞
　　　　　　érqiě nǐmen shàngcài de sùdù tài màn　wǒ zhēn

　　　　　　的吃不下去。你去 叫你們的 老闆
　　　　　　de chībúxià　qù　nǐ qù jiào nǐmen de lǎobǎn

出來，這件 事情一定 要 說 清
chūlái　zhèjiàn shìqíng yídìng yào shuōqīng

楚。
chǔ

服 務 生：對不起！我 們 的老 闆 不 在，他去
fúwù shēng　duìbùqǐ　wǒmen de lǎobǎn bú zài　tā qù

對 面 的餐廳吃飯了。
duì miàn de cāntīng chīfàn le

## (二)問題
wèntí

_____ 1. 請問對話發生的地方在哪裡？
　　(A) 公園
　　(B) 商店
　　(C) 學校
　　(D) 餐廳

_____ 2. 請問對話發生的時間可能是什麼時候？
　　(A) AM 8：00
　　(B) PM 12：30
　　(C) PM 3：00
　　(D) PM 6：00

_____ 3. 王先生很生氣，因為他覺得？
　　(A) 這間店的東西不好吃
　　(B) 這間店太小了
　　(C) 這間店太髒了
　　(D) 這間店太貴了

_____ 4. 服務生覺得？
　　(A) 很多客人都不喜歡這間店的東西
　　(B) 這間店的東西不好吃
　　(C) 很多客人都喜歡這間店的東西
　　(D) 老闆也喜歡這間店的東西

_____ 5. 下面哪一個是對的？
　　(A) 老闆正在忙，所以不能出來
　　(B) 這間店的客人很少
　　(C) 老闆去另外一間店吃飯了
　　(D) 很多客人也覺得這家店的東西不好吃

# (三)生 詞
shēngcí

| | 生詞 | 漢語拼音 | 文意解釋 |
|---|---|---|---|
| 1 | 服務 | fúwù | to serve |
| 2 | 不值得 | bù zhídé | worthless, unworthy |
| 3 | 評價 | píngjià | evaluation, appreciation |
| 4 | 一向 | yíxiàng | always, all the time |
| 5 | 熟 | shóu | cooked |
| 6 | 湯 | tāng | soup, broth |
| 7 | 鹹 | xián | salty |
| 8 | 上菜 | shàngcài | serve food |
| 9 | 速度 | sùdù | speed, rate |
| 10 | 老闆 | lǎobǎn | boss |
| 11 | 對面 | duìmiàn | opposite |
| 12 | 餐廳 | cāntīng | restaurant |

# 十四. 司機 和 乘 客
## sījī　　hé chéngkè

## (一)對 話
### duìhuà

乘　客：司機，麻煩 你，我 要 到 臺灣 大學。
chéngkè　sījī　máfán nǐ　wǒ yào dào　Táiwāndàxué

司　機：好，沒 問題。你 要 去 臺灣大學 上 課 嗎？
sījī　hǎo　méiwèntí　nǐ yào qù Táiwāndàxué　shàngkè ma

乘　客：對，我 要 去 上　英 文 課。
chéngkè　duì　wǒ yào　qù shàng　yīngwénkè

司　機：你 今天 要 上 幾個 小 時 的 課？
sījī　nǐ jīntiān yào shàng jǐge　xiǎoshí de kè

乘　客：我 今天 有 4個 小 時 的 課。
chéngkè　wǒ jīntiān yǒu sìge　xiǎoshí de kè

　　　　從 早 上 8點 開 始 一直 到 中 午。
cóng zǎoshàng bādiǎn　kāishǐ yìzhí dào zhōngwǔ

司　機：你 已經 遲到 一個 小 時 了，老師 不會 罵你 嗎？
sījī　nǐ yǐjīng chídào yíge xiǎoshí le　lǎoshī búhuì mà nǐ ma

乘　客：應 該 不 會 啦。
chéngkè　yīnggāi búhuì la

司　機：爲 什麼 你 這麼 肯定？
sījī　wèi shéme nǐ zhème kěndìng

乘　客：因 爲 我 就是 老師。
chéngkè　yīnwèi wǒ jiùshì lǎoshī

## (二)問題
wèntí

———— 1. 上面的對話可能會發生在什麼地方？

(A) 計程車

(B) 火車

(C) 飛機

(D) 捷運

———— 2. 乘客今天應該是幾點下課？

(A) AM 8：00

(B) AM 9：00

(C) PM 12：00

(D) PM 1：00

———— 3. 司機本來以為乘客是？

(A) 老師

(B) 學生

(C) 校長

(D) 警察

———— 4. 司機和乘客說話的時候，可能是幾點？

(A) AM 7：00

(B) AM 8：00

(C) AM 9：00

(D) AM 10：00

———— 5. 乘客的工作應該是？

(A) 校長

(B) 中文老師

(C) 大學生

(D) 英文老師

## ㈢生 詞
shēngcí

| | 生詞 | 漢語拼音 | 文意解釋 |
|---|---|---|---|
| 1 | 司機 | sījī | driver |
| 2 | 乘客 | chéngkè | passenger |
| 3 | 罵 | mà | scold, shout at |
| 4 | 肯定 | kěndìng | affirm |

# 十五. 電話 留言
## dìanhùa liúyán

**㈠對話**
duìhuà

家 明：喂，你好。請 問 小 同 在 嗎？
Jiāmíng　wéi　nǐhǎo　qǐngwèn Xiǎotóng zài ma

大 同：小 同 現在 不 在家，請 問 你 是 哪位？
Dàtóng　Xiǎotóng xiànzài bú zàijiā　qǐngwèn nǐ shì nǎiwèi

家 明：我 是 他 的 同學，請 問 你 是？
Jiāmíng　wǒ shì tā de tóngxué　qǐngwèn nǐ shì

大 同：我 是 小 同 的 哥哥，小 同 去 運 動 了。
Dàtóng　wǒ shì Xiǎotóng de gēge　Xiǎotóng qù yùndòng le

　　　　如果 有 什麼 事，我 可以 幫 你 留言 給 他。
　　　　rúguǒ yǒu shéme shì　wǒ kěyǐ bāng nǐ liúyán gěi tā

家 明：太好了，麻煩 你 幫 我 告訴他，明 天 的
Jiāmíng　tàihǎo le　máfán nǐ bāng wǒ gàosù tā　míngtiān de

　　　　校外 參觀 因爲 天氣 不好，所以 取消了。
　　　　xiàowài cānguān yīnwèi tiānqì bùhǎo　suǒyǐ qǔxiāo le

大 同：好！我 會 告訴他的。
Dàtóng　hǎo wǒ huì gàosù tā de

家 明：謝謝你，再 見。
Jiāmíng　xièxie nǐ　zàijiàn

大 同：再 見！
Dàtóng　zàijiàn

## (二)問題
wèntí

_____ 1. 對話是在哪裡發生的？

　　(A) 簡訊

　　(B) 電話

　　(C) 電子郵件

　　(D) 兩個人見面的時候

_____ 2. 小同不在家，他可能去哪裡了？

　　(A) 百貨公司

　　(B) 醫院

　　(C) 餐廳

　　(D) 體育館

_____ 3. 留言可能是什麼？

　　(A) 校外參觀取消的事情

　　(B) 小同的電話號碼

　　(C) 家明的電話號碼

　　(D) 小同去運動的事情

_____ 4. 明天的天氣最可能會是？

　　(A) 出太陽

　　(B) 雲有點多

　　(C) 下雨

　　(D) 有點風

_____ 5. 下面哪一個是對的？

　　(A) 大同不在家，所以是小同接的電話

　　(B) 明天不去校外參觀了

　　(C) 家明是大同的老師

　　(D) 校外參觀因為天氣不好，所以改時間了

## (三)生 詞
shēngcí

| | 生詞 | 漢語拼音 | 文意解釋 |
|---|---|---|---|
| 1 | 你好 | nǐhǎo | hello, how are you? |
| 2 | 現在 | xiànzài | now |
| 3 | 請問你是哪位 | qǐngwèn nǐ shì nǎwèi | Who's calling? |
| 4 | 同學 | tóngxué | classmate |
| 5 | 哥哥 | gēge | elder brother |
| 6 | 運動 | yùndòng | to exercise |
| 7 | 留言 | liúyán | to leave a message |
| 8 | 麻煩 | máfán | bother |
| 9 | 告訴 | gàosù | to tell, to inform |
| 10 | 明天 | míngtiān | tomorrow |
| 11 | 校外參觀 | xiàowài cānguān | field trips |
| 12 | 天氣 | tiānqì | weather |
| 13 | 取消 | qǔxiāo | to cancel |
| 14 | 謝謝 | xièxie | thank you |
| 15 | 再見 | zàijiàn | goodbye |

# 十六．飯後的活動
## fànhòu de huódòng

㈠對話
duì huà

書華：吃完 晚飯 以後，你們 通常 會
shūhuá　　chīwán　wǎnfàn yǐhòu　　nǐmen tōngcháng huì

做 什麼 事 情？
zuò shéme shìqíng

家 明：我喜歡 在 這樣 的天氣洗熱 水澡，
Jiāmíng　wǒ xǐhuān zài zhèyàng de tiānqì xǐrèshuǐzǎo

子 晴 妳呢？
Zǐqíng nǐ ne

子 晴：最近 的天氣很冷，我會躲在 被窩裡
Zǐqíng　zuìjìn de tiānqì hěnlěng wǒ huì duǒzài bèiwōlǐ

睡 覺，或 是 躲在 被窩裡看 書、休息。
shuìjiào huòshì duǒzài bèiwōlǐ kànshū xiūxí

家 明：你吃完 晚飯 以後 先 睡覺，晚 上 不會
Jiāmíng　nǐ chīwán wǎnfàn yǐhòu xiān shuìjiào wǎnshàng búhuì

睡不著 嗎？
shuìbùzháo ma

子 晴：不會，因爲我 最近 眞 的很累。
Zǐqíng　búhuì　yīnwèi wǒ zuìjìn zhēnde hěnlèi

書 華：爲 什麼 你最近 這麼 累？
Shūhuá　wèishéme nǐ zuìjìn zhème lèi

十六、飯後的活動

51

子　晴：因為我 這個 禮拜六有一個　重 要 的 考試，
Zíqíng　　yīnwèi wǒ zhèige lǐbàiliù yǒu yíge zhòngyào de kǎoshì

　　　　我 每天　從早到晚 都在　讀 書。
　　　　wǒ měitiān cóngzǎodàowǎn dōuzài dúshū

家　明：你真辛苦！所以你再過 三天就要考 試 了，
Jiāmíng　 nǐ zhēn xīnkǔ　 suǒyǐ nǐ zàiguò sāntiān jiùyào kǎoshì le

　　　　加 油！
　　　　jiāyóu

書　華：你如果太累 的話 記得 要 休息，別　忘 記，
Shūhuá　 nǐ rúguǒ tàilèi dehuà jìdé yào xiūxí　 bié　wàngjì

　　　　身 體 健康 是 最 重 要 的！
　　　　shēntǐ　jiànkāng shì zuì zhòngyào de

子　晴：我 知道了，謝謝 你們。
Zǐqíng　　wǒ zhīdào le　 xièxie nǐmen

## (二)問題
wèntí

_____ 1. 他們三個人講話的時候，可能是在什麼季節？

    ⒜ 春天

    ⒝ 夏天

    ⒞ 秋天

    ⒟ 冬天

_____ 2. 子晴不會在被窩裡做什麼事情？

    ⒜ 睡覺

    ⒝ 看書

    ⒞ 洗熱水澡

    ⒟ 休息

_____ 3. 為什麼子晴最近很累？

    ⒜ 因為子晴在準備考試

    ⒝ 因為天氣很冷

    ⒞ 因為子晴的身體不健康

    ⒟ 因為子晴晚上睡不著

_____ 4. 你覺得「從早到晚都在讀書」是什麼意思？

    ⒜ 讀書讀了一整天

    ⒝ 讀書讀得很少

    ⒞ 很早起床讀書

    ⒟ 讀書讀得不多

_____ 5. 三個人聊天的那一天應該是星期幾？

    ⒜ 星期一

    ⒝ 星期二

    ⒞ 星期三

    ⒟ 星期四

## (三)生 詞
shēngcí

|   | 生詞 | 漢語拼音 | 文意解釋 |
|---|------|----------|----------|
| 1 | 通常 | tōngcháng | usually |
| 2 | 洗熱水澡 | xǐrèshuǐzǎo | take a hot bath |
| 3 | 躲 | duǒ | hide |
| 4 | 被窩 | bèiwō | in the bed |
| 5 | 睡不著 | shuìbùzháo | can not sleep |
| 6 | 從早到晚 | cóngzǎodàowǎn | from morning to night |
| 7 | 忘記 | wàngjì | forget |

# 十七．上 個 週末 做了 什麼？
## shàngge  zhōumò zuòle   shéme

(一)**對 話**
duìhuà

怡 萍：好久 不見！妳 最近 好 嗎？
Yípíng    hǎojiǔ  bújiàn  nǐ  zuìjìn  hǎo ma

曉 惠：還不錯，上 個 週末 難得 放 鬆 了 一下。
Xiǎohuì    hái búcuò  shàngge zhōumò nándé  fàngsōngle   yíxià

怡 萍：妳去 哪裡玩？
Yípíng    nǐ qù  nǎlǐ  wán

曉 惠：我 跟 家人去 旅行。
Xiǎohuì    wǒ gēn  jiārén qù  lǚxíng

怡 萍：我 眞 羨慕妳，上 個 週末 我 都 在 唸書。
Yípíng    wǒ zhēn  xiànmù nǐ  shàngge  zhōumò wǒ dōu zài niànshū

曉 惠：妳 連假日 都 這麼 認眞，眞 不 簡單！
Xiǎohuì    nǐ  lián jiàrì  dōu zhème rènzhēn  zhēn bù jiǎndān

怡 萍：眞 希望我 也 能 快點 出去 玩。
Yípíng    zhēn  xīwàng wǒ  yěnéng  kuàidiǎn  chūqù  wán

曉 惠：等 妳 考試 結束，我 們 一起去 旅行 吧！
Xiǎohuì    děng  nǐ kǎoshì jiéshù  wǒmen  yìqǐ  qù  lǚxíng ba

怡 萍：太 好了！我 等 不及了！
Yípíng    tàihǎole    wǒ  děngbùjí  le

## (二) 問題 wèntí

_____ 1. 你覺得「難得」是什麼意思？
    (A) 很辛苦才得到的東西
    (B) 很不容易發生的事情
    (C) 很重要的事情
    (D) 很容易發生的事情

_____ 2. 曉惠上個週末做了什麼事？
    (A) 看電影
    (B) 唸書
    (C) 運動
    (D) 旅行

_____ 3. 下面哪一個是對的？
    (A) 怡萍不喜歡旅行，所以才唸書
    (B) 曉惠不想要和怡萍一起去旅行
    (C) 怡萍希望自己也能出去玩
    (D) 曉惠和朋友一起去旅行

_____ 4. 曉惠覺得怡萍「真不簡單」，因為曉惠覺得……
    (A) 怡萍是一個很努力的人
    (B) 這次的考試很困難
    (C) 怡萍讀的書很困難
    (D) 怡萍不應該這麼努力

_____ 5. 你覺得「我等不及了」這句話是什麼意思？
    (A) 希望事情不要發生
    (B) 自己遲到了
    (C) 很期待，希望事情趕快發生
    (D) 因為朋友遲到所以很生氣

# (三)生 詞
shēngcí

| | 生詞 | 漢語拼音 | 文意解釋 |
|---|---|---|---|
| 1 | 好久不見 | hǎojiǔbújiàn | haven't seen you for a long time |
| 2 | 最近 | zuìjìn | recently |
| 3 | 週末 | zhōumò | weekend |
| 4 | 難得 | nándé | on rare occasions |
| 5 | 放鬆 | fàngsōng | to relax |
| 6 | 旅行 | lǚxíng | to travel |
| 7 | 羨慕 | xiànmù | to admire, to envy |
| 8 | 唸書 | niànshū | to study |
| 9 | 假日 | jiàrì | holiday |
| 10 | 認真 | rènzhēn | earnestly |
| 11 | 簡單 | jiǎndān | easy, simple |
| 12 | 希望 | xīwàng | hope |
| 13 | 快點 | kuàidiǎn | hurry up |
| 14 | 結束 | jiéshù | to end |
| 15 | 等不及 | děngbùjí | can't wait to do |

# 十八. 白頭髮 和 成 績
## báitóufǎ　hé chéngjī

孩子：爸爸，爲什麼你有那麼多根白頭髮呢？
háizi　bàba　wèishéme nǐ yǒu nàme duō gēn　báitóufǎ　ne

爸爸：因爲你今天的數學考試只考了30分。
bàba　yīnwèi nǐ　jīntiān de shùxué kǎoshì zhǐ　kǎole　　fēn

我很擔心你，所以頭髮變白了。
wǒ hěn dānxīn nǐ , suǒyǐ　tóufǎ biàn bái le

孩子：爸爸，請你別擔心。明天的數學考試，
háizi　bàba　qǐng nǐ bié dānxīn míngtiān de　shùxué kǎoshì

我會努力的。
wǒ huì nǔlì　de

爸爸：你原來不懂的地方，現在已經懂了嗎？
bàba　　nǐ yuánlái bùdǒng de dìfāng　xiànzài yǐjīng dǒng le ma

孩子：嗯，我已經請老師再教我一遍了。
háizi　ēn　wǒ yǐjīng qǐng lǎoshī zài jiāo wǒ yíbiàn le

爸爸：好，如果你明天的數學考試再進步30分，
bàba　　hǎo　rúguǒ nǐ míngtiān de shùxué kǎoshì zài jìnbù　fēn

後天我帶你出去玩。
hòutiān wǒ dài nǐ　chūqù wán

孩子：太棒了！
háizi　tàibàng le

我 相 信 星期六我 們 一 定 可 以 出 去 玩！
wǒ xiāngxìn xīngqíliù wǒmen yídìng kěyǐ chūqù wán

對了，爸爸，你 以 前 在 學 校 的 成 績 應該
duìle bàba nǐ yǐqián zài xuéxiào de chéngjī yīnggāi

很 不 好 吧？
hěn bù hǎo ba

爸爸：你 怎麼 問 這個 問題 呢？
bàba nǐ zěnme wèn zhège wèntí ne

孩子：因為 爺爺 的 頭髮 全 部 都 是 白色 的 啊！
háizi yīnwèi yéye de tóufǎ quánbù dōushì báisè de a

(二)問題
wèntí

———— 1. 爸爸為什麼有那麼多根白頭髮？
　　(A) 擔心孩子的考試成績
　　(B) 擔心爺爺的頭髮
　　(C) 孩子生病了
　　(D) 擔心他以前在學校的成績

———— 2. 你覺得對話裡的「進步」是什麼意思？
　　(A) 走路走得更遠
　　(B) 考試成績跟上次一樣
　　(C) 出去外面玩
　　(D) 考試成績比上次好

3. 明天是星期幾？
　　(A) 星期四
　　(B) 星期五
　　(C) 星期六
　　(D) 星期天

4. 如果要出去玩，明天的數學考試應該考幾分？
　　(A) 30分
　　(B) 40分
　　(C) 50分以下
　　(D) 60分以上

5. 哪一個正確？
　　(A) 爺爺擔心爸爸的白頭髮
　　(B) 孩子明天有數學考試
　　(C) 爺爺沒有白頭髮
　　(D) 爸爸以前在學校的成績不好

## (三) 生　詞
shēngcí

| | 生詞 | 漢語拼音 | 文意解釋 |
|---|---|---|---|
| 1 | 根 | gēn | individual measure word for slender parts of the human body |
| 2 | 白頭髮 | báitóufǎ | grey hair |
| 3 | 數學 | shùxué | mathematics |
| 4 | 擔心 | dānxīn | worry |
| 5 | 變 | biàn | become, change into |
| 6 | 會 | huì | will |
| 7 | 進步 | jìnbù | progress, to improve |
| 8 | 後天 | hòutiān | day after tomorrow |
| 9 | 帶 | dài | take, bring, bear |
| 10 | 星期六 | xīngqíliù | Saturday |
| 11 | 白色 | báisè | white |

# 十九、問路
## wènlù

**㈠對話**
duìhuà

明　漢：不好 意思！請 問 離 這裡 最近 的 旅館
Mínghàn　bùhǎoyìsi　qǐngwèn lí zhèlǐ zuìjìn de lǚguǎn

怎麼 走？
zěnme zǒu

路　人：往 前 直走，過 兩個 紅綠燈 之後，
lùrén　wǎngqián zhízǒu guò liǎngge hónglǜdēng zhīhòu

看到 便利 商店 再右轉，旅館 就在
kàndào biànlì shāngdiàn zài yòuzhuǎn lǚguǎn jiù zài

郵局 的 隔壁。
yóujú de gébì

明　漢：謝謝！這是 我 第一次 來 臺灣，對 環 境
Mínghàn　xièxie zhè shì wǒ dìyīcì lái Táiwān duì huánjìng

很 不 熟悉。
hěn bù shóuxī

路　人：噢！你 是 來 旅行 的 嗎？
lùrén　 òu nǐ shì lái lǚ xíng de ma

明　漢：是 阿，我 喜歡 自助 旅行，所以 凡事
Mínghàn　shìā wǒ xǐhuān zìzhù lǚxíng suǒyǐ fánshì

都要 自己 計畫。
dōuyào zìjǐ jìhuà

路　人：真有勇氣！我以前也有同樣的
lùrén　　zhēn yǒu yǒngqì　wǒ yǐqián yě yǒu tóngyàng de

　　　　經驗。不如我帶你過去吧。
　　　　jīngyàn　bùrú wǒ dài nǐ guòqù ba

明　漢：你真熱心，謝謝你的幫忙！
Mínghàn　nǐ zhēn rèxīn xièxie nǐ de bāngmáng

路　人：不客氣。
lùrén　　búkèqì

## （二）問題
wèntí

———— 1. 請問旅館在哪裡？

(A) 便利商店的隔壁

(B) 郵局的隔壁

(C) 紅綠燈的隔壁

(D) 便利商店和郵局的中間

———— 2. 明漢可能想去旅館做什麼事？

(A) 讀書

(B) 休息

(C) 開會

(D) 運動

———— 3. 請問「自助旅行」的意思是？

(A) 自己計畫旅行

(B) 去外國旅行

(C) 參加旅行團的旅行

(D) 參加學校的旅行

———— 4. 路人說他也有「同樣的經驗」，是什麼意思？

(A) 一樣有「找不到旅館」的經驗

(B) 一樣有「問路」的經驗

(C) 一樣有「第一次來臺灣」的經驗

(D) 一樣有「自助旅行」的經驗

———— 5. 下列哪一個是對的？

(A) 明漢以前沒有來過臺灣

(B) 路人也不知道旅館怎麼去

(C) 明漢不喜歡旅行

(D) 路人沒有旅行的經驗

## (三) 生 詞
shēngcí

| | 生詞 | 漢語拼音 | 文意解釋 |
|---|---|---|---|
| 1 | 不好意思 | bùhǎoyìsi | excuse me |
| 2 | 旅館 | lǚguǎn | a hotel |
| 3 | 直走 | zhízǒu | go straight |
| 4 | 紅綠燈 | hónglǜdēng | traffic lights, traffic signals |
| 5 | 便利商店 | biànlì shāngdiàn | convenience store |
| 6 | 右轉 | yòuzhuǎn | to turn right |
| 7 | 隔壁 | gébì | next door |
| 8 | 環境 | huánjìng | environment, circumstances |
| 9 | 熟悉 | shóuxī | to be familiar with |
| 10 | 自助旅行 | zìzhù lǚxíng | backpaking |
| 11 | 凡事 | fánshì | everything |
| 12 | 計畫 | jìhuà | plan |
| 13 | 勇氣 | yǒngqì | courage, bravery |
| 14 | 經驗 | jīngyàn | experience, a lesson |
| 15 | 熱心 | rèxīn | zeal, warm-heartedness |
| 16 | 幫忙 | bāngmáng | help, assistance |

# 二十. 酒後開車
## jiǔ hòu kāichē

(一)對話
duìhuà

警　察：先　生，麻煩　靠路邊停車。
jǐngchá　xiānshēng　máfán　kào lùbiān tíngchē

（李先　生　將車子停好後下車）
　Lǐ xiānshēng jiāng chēzi　tínghǎo　hòu　xiàchē

警　察：你怎麼渾身酒味？請把證件拿出來。
jǐngchá　nǐ　zěnme húnshēn jiǔwèi qǐng bǎ zhèngjiàn náchūlái

李先生：　我晚上參加朋友的結婚典禮，
Lǐ xiānshēng　wǒ wǎnshàng cānjiā péngyǒu de jiéhūn diǎnlǐ

所以喝了一點酒。
suǒyǐ　hēle yìdiǎn jiǔ

警　察：你不知道酒後開車是很危險的事情
jǐngchá　nǐ bù zhīdào jiǔ hòu kāichē shì hěn wéixiǎn de shìqíng

嗎？爲了安全，你應該搭計程車回家
ma　wèile ānquán　nǐ yīnggāi dā jìchéngchē huíjiā

才對。
cáiduì

李先生：　我下次不會再這樣做了，麻煩你就
Lǐ xiānshēng　wǒ xiàcì　búhuì zài zhèyàng zuò le　máfán nǐ jiù

睜一隻眼閉一隻眼吧。
zhēng yì zhī yǎn bì yì zhī yǎn ba

警　察：不行！你不只 喝酒，還　闖　紅燈！
jǐngchá　bùxíng　nǐ bùzhǐ　hējiǔ　hái chuǎng hóngdēng

你 難道 沒 看到　紅燈　嗎？
nǐ nándào méi kàndào hóngdēng ma

李先生：　唉！我 看到 了 紅燈，但 是 沒 看到
Lǐ xiānshēng　ai　wǒ　kàndàole hóngdēng dànshì méi kàndào

你 阿。
nǐ a

(二)問題
wèntí

─────── 1. 對話可能是在哪裡發生的？

(A) 餐廳

(B) 路邊

(C) 公園

(D) 海邊

_____ 2. 為了安全，警察覺得李先生應該怎麼做？

　　(A) 不應該參加結婚典禮

　　(B) 自己開車回家

　　(C) 不應該喝酒

　　(D) 讓別人送他回家

_____ 3. 李先生說他「下次不會再這樣做了」，「這樣做」是指哪一件事情？

　　(A) 參加結婚典禮

　　(B) 搭計程車

　　(C) 喝酒之後開車

　　(D) 沒有看到警察

_____ 4. 李先生希望警察能「睜一隻眼閉一隻眼」，意思是？

　　(A) 希望警察晚上開車要小心

　　(B) 希望警察當作沒看到，原諒自己

　　(C) 希望警察能注意自己的眼睛

　　(D) 覺得自己沒有不對的地方

_____ 5. 下面哪一個是對的？

　　(A) 李先生只有喝酒

　　(B) 李先生沒有喝酒，但闖紅燈

　　(C) 李先生只有闖紅燈

　　(D) 李先生喝酒，也闖紅燈

## (三) 生 詞
shēngcí

| | 生詞 | 漢語拼音 | 文意解釋 |
|---|---|---|---|
| 1 | 麻煩 | máfán | to bother other people |
| 2 | 渾身 | húnshēn | all over the body |

| | 生詞 | 漢語拼音 | 文意解釋 |
|---|---|---|---|
| 3 | 證件 | zhèngjiàn | certificate, credentials |
| 4 | 參加 | cānjiā | to attend |
| 5 | 結婚典禮 | jiéhūn diǎnlǐ | wedding ceremony |
| 6 | 危險 | wéixiǎn | dangerous, hazardous |
| 7 | 安全 | ānquán | safety, security |
| 8 | 計程車 | jìchéngchē | a taxi, a cab |
| 9 | 睜一隻眼閉一隻眼 | zhēng yì zhī yǎn bì yì zhī yǎn | turn a blind eye to |
| 10 | 闖紅燈 | chuǎng hóngdēng | to run a red light |
| 11 | 難道 | nándào | Is it possible that..., Could it be said that... |

# 單元三　短文

# 二十一．進步一名
## jìnbù　yìmíng

**㈠短文**
duǎnwén

　　王　文星　的　爸爸　很　關心　兒子　在　學校裡的
　　Wáng Wénxīng de bàba hěn guānxīn érzi zài xuéxiàolǐ de

成績。
chéngjī

　　有一天，王　爸爸　問　文星：「兒子啊，你　最近
　　yǒuyìtiān Wángbàba wèn Wénxīng érzi a nǐ zuìjìn

在　學校考試考得怎麼樣？這次在班上　考
zài xuéxiào kǎoshì kǎode zěnmeyàng zhècì zài bānshàng kǎo

第幾名啊？」
dìjǐmíng a

　　文星　告訴王　爸爸：「我　這次考　第26名。」
　　Wénxīng gàosù Wángbàba wǒ zhècì kǎo dì míng

　　王　爸爸又問文星：「你的　班上　有多少
　　Wángbàba yòu wèn Wénxīng nǐde bānshàng yǒu duōshǎo

人？」
rén

　　文星　回答：「班　上　有26個人。」
　　Wénxīng huídá bānshàng yǒu ge rén

　　王　爸爸知道兒子在　學校的　成績以後，趕緊
　　Wángbàba zhīdào érzi zài xuéxiào de chéngjī yǐhòu gǎnjǐn

幫 兒子 找了一個 家庭 老師。
bāng érzi zhǎole yíge jiātíng lǎoshī

過了 兩個月，王爸爸 又 問 文星：「兒子啊，
guòle liǎnggeyuè Wángbàba yòu wèn Wénxīng érzi a

你 現在 在 學校 的 成績 怎麼 樣 呢？」
nǐ xiànzài zài xuéxiào de chéngjī zěnmeyàng ne

王 文星 回答：「爸爸，我 有一個 好 消息 跟
Wáng Wénxīng huídá bàba wǒ yǒu yíge hǎo xiāoxí gēn

一個 壞 消息要 告訴你。你 想 先 聽 哪一個？」
yíge huài xiāoxí yào gàosù nǐ nǐ xiǎng xiān tīng nǎ yíge

王 爸爸 說：「先 聽 好 消息吧。」
Wángbàba shuō xiān tīng hǎo xiāoxí ba

王 文星 說：「我 這次 的 考試 成績 比
Wáng Wénxīng shuō wǒ zhècì de kǎoshì chéngjī bǐ

上次的 好，進步了一 名。」
shàngcìde hǎo jìnbùle yì míng

王 爸爸 聽了，開心地 說：「成績進步很 好 啊！
Wángbàba tīngle kāixīnde shuō chéngjījìnbù hěn hǎo a

我 不 相 信你有 壞 消息可以告訴我。」
wǒ bù xiāngxìn nǐ yǒu huài xiāoxí kěyǐ gàosù wǒ

王 文星 說：「雖然 我 進步了一名，但是，
Wáng Wénxīng shuō suīrán wǒ jìnbùle yìmíng dànshì

我 們 班 上 有一個 同學 上 個月 全家搬去
wǒmen bānshàng yǒu yíge tóngxué shànggeyuè quánjiā bānqù

美 國，所以我 們 班 少 了一個人……」
měiguó suǒyǐ wǒmen bān shǎole yíge rén

## (二)問題
wèntí

_____ 1. 王文星的爸爸很「關心」兒子在學校裡的成績,「關心」也可以換成下面哪個詞?

(A) 開心

(B) 喜歡

(C) 小心

(D) 注意

_____ 2. 王文星第一次考了26名,所以 _____ 。

(A) 王文星的考試成績很好

(B) 王文星很喜歡考試

(C) 班上同學的成績都比王文星好

(D) 王文星的爸爸很開心

_____ 3. 王文星第二次考試考了第幾名?

(A) 1

(B) 25

(C) 26

(D) 27

_____ 4. 王文星第二次考試為什麼進步了一名?

(A) 因為王文星很聰明

(B) 因為王爸爸找了家庭老師

(C) 因為有一個同學離開王文星的班上了

(D) 因為王文星很努力讀書

_____ 5. 「但是」這個詞可以放在哪個□□裡面?

(A) 因為我長得不帥,□□王小美不喜歡我。

(B) 我喜歡喝飲料,□□果汁、汽水還有咖啡。

(C) 雖然上周末都在下雨,□□我玩得很開心。

(D) 他非常有錢,□□他買了很多房子。

| | 生詞 | 漢語拼音 | 文意解釋 |
|---|---|---|---|
| 1 | 關心 | guānxīn | be concerned about |
| 2 | 班 | bān | class |
| 3 | 趕緊 | gǎnjǐn | hurriedly, losing no time |
| 4 | 家庭老師 | jiātíng lǎoshī | tutor |

# 二十二. 媽媽 的 留言
## māma de liúyán

㈠短 文
duǎnwén

小 英：
Xiǎoyīng

媽媽 去 買 做 晚餐 需要 用到 的
māma qù mǎi zuò wǎncān xūyào yòngdào de

東西，大概 要 一個半 小時 才會 回來。
dōngxi dàgài yào yígebàn xiǎoshí cái huì huílái

如果 妳 肚子 餓了，冰 箱裡 有 點心，但是
rúguǒ nǐ dùzi è le bīngxiānglǐ yǒu diǎnxīn dànshì

要 先 洗手 才能 吃。如果 妳 想 看 電視，
yào xiān xǐshǒu cáinéng chī rúguǒ nǐ xiǎng kàn diànshì

必須 先 把 功課 寫完。如果 妳 明天 有
bìxū xiān bǎ gōngkè xiěwán rúguǒ nǐ míngtiān yǒu

考試，你 就 應該 先 準 備考試，不要 看
kǎoshì nǐ jiù yīnggāi xiān zhǔnbèi kǎoshì búyào kàn

電視。對了，妳 的 布娃娃 媽媽 幫妳 洗好
diànshì duìle nǐ de bùwáwa māma bāng nǐ xǐhǎo

了，請 妳 記得 把 陽台上 的 布娃娃 收進
le qǐng nǐ jìdé bǎ yángtáishàng de bùwáwa shōujìn

房間。妳自己一個人在家要小心安全，
fángjiān nǐ zìjǐ yígerén zài jiā yào xiǎoxīn ānquán

不要像去年一樣，把房子燒了個大洞。
búyào xiàng qùnián yíyàng bǎ fángzi shāole ge dàdòng

媽媽很快就回家了！
māma hěn kuài jiù huíjiā le

愛妳的 媽媽 PM 3：30
ài nǐ de māma

## (二)問題
wèntí

_____ 1. 媽媽可能去哪裡？

(A) 銀行

(B) 公園

(C) 學校

(D) 超市

_____ 2. 媽媽大概什麼時候回家？

(A) PM 3：45

(B) PM 4：00

(C) PM 4：30

(D) PM 5：00

_____ 3. 媽媽要小英做什麼事情？

　　　(A) 看電視

　　　(B) 存錢

　　　(C) 吃點心

　　　(D) 收布娃娃

_____ 4. 如果小英想看電視，她必須先做什麼？

　　　(A) 洗手

　　　(B) 寫功課

　　　(C) 考試

　　　(D) 吃點心

_____ 5. 哪一個是對的？

　　　(A) 先寫完功課才能吃點心

　　　(B) 小英的媽媽明天才會回家

　　　(C) 先洗手才可以吃點心

　　　(D) 小英自己洗了布娃娃

## (三) 生 詞
shēngcí

| | 生詞 | 漢語拼音 | 文意解釋 |
|---|---|---|---|
| 1 | 大概 | dàgài | probably |
| 2 | 洗手 | xǐshǒu | wash hands |
| 3 | 布娃娃 | bùwáwa | rag doll |
| 4 | 記得 | jìdé | remember |
| 5 | 陽台 | yángtái | balcony |

# 二十三. 老人 與 年 輕人
## lǎorén yǔ niánqīngrén

王 太太 和 兩個人 一起 在 公車站 等
Wáng tàitai hé liǎngge rén yìqǐ zài gōngchēzhàn děng

公車。可是 她 等了 好久，一直 等不到 公車。
gōngchē kěshì tā děngle hǎojiǔ yìzhí děngbúdào gōngchē

她 覺得 很 無聊，只好 找 旁邊 兩個人 聊天，
tā juéde hěn wúliáo zhǐhǎo zhǎo pángbiān liǎngge rén liáotiān

一個 是 老人，一個 是 年 輕人。 王 太太 先 問
yíge shì lǎorén yíge shì niánqīngrén Wáng tàitai xiān wèn

年 輕人：「旁 邊 這位 是 您 的父親 嗎？」
niánqīngrén pángbiān zhèwèi shì nín de fùqīn ma

年 輕人 回答：「是的。」
niánqīngrén huídá shìde

王 太太 又 對 老人 說：「您的 兒子 長 得
Wáng tàitai yòu duì lǎorén shuō nín de érzi zhǎngde

眞 好看 哪！」老人 卻 對 王 太太 說：「不，他
zhēn hǎokàn na lǎorén què duì Wáng tàitai shuō bù tā

不是我的 兒子啊！」王 太太 覺得 很 奇怪，所以她 又
búshì wǒde érzi a Wáng tàitai juéde hěn qíguài suǒyǐ tā yòu

問了一次 年 輕人：「旁 邊 這位 是 您 的 爸爸
wènle yícì niánqīngrén pángbiān zhèwèi shì nín de bàba

嗎？」年輕人　仍然 回答：「沒錯，他是我的爸爸。」
ma　　niánqīngrén réngrán huídá　　méicuò　tā shì wǒde bàba

　　　她 又　問了一次 老人：「旁邊　這個　年輕人
　　　tā yòu　wènle yícì lǎorén　　pángbiān zhèige niánqīngrén

不是 您的兒子嗎？」老人　仍然　回答：「不是，他
búshì nín de érzi ma　　lǎorén réngrán huídá　　búshì　tā

不是 我的兒子」。老人　跟　年輕人　說的 都是
búshì wǒ de érzi　　lǎorén gēn niánqīngrén shuōde dōushì

真話，可是，為什麼 老人　說　年輕人 不是他的
zhēnhuà　kěshì　wèishéme lǎorén shuō niánqīngrén búshì tāde

兒子？
érzi

## (二)問題
wèntí

_____ 1. 有幾個人在等公車？
　　　　　　(A) 1
　　　　　　(B) 2
　　　　　　(C) 3
　　　　　　(D) 4

_____ 2. 「只好」這個詞可以放在哪個□□裡面？
　　　　　　(A) 天氣不好，不能出去外面打球，我□□在家裡看電視。
　　　　　　(B) 我很用功讀書，□□我考了第一名。
　　　　　　(C) 雖然寫漢字不容易，□□我喜歡寫漢字。
　　　　　　(D) 因為我喜歡中文，□□我想當中文老師。

_____ 3. 老人仍然回答：「不是，他不是我的兒子」。「仍然」可以換
成下面哪個詞？
(A) 但是
(B) 還是
(C) 不是
(D) 雖然

_____ 4. 哪一個正確？
(A) 他們在公車上聊天
(B) 老人是年輕人的爸爸
(C) 年輕人是老人的兒子
(D) 老人跟年輕人說的都不是真話

_____ 5. 「年輕人可能是老人的□□。」□□應該是？
(A) 兒子
(B) 女兒
(C) 太太
(D) 朋友

## (三) 生 詞
shēngcí

|   | 生詞 | 漢語拼音 | 文意解釋 |
|---|------|----------|----------|
| 1 | 公車站 | gōngchēzhàn | bus stop |
| 2 | 年輕人 | niánqīngrén | young people |
| 3 | 卻 | què | however, but, yet, indeed |
| 4 | 仍然 | réngrán | still |
| 5 | 沒錯 | méicuò | Yes, it's right |

# 二十四. 感謝 探望
## gǎnxiè tànwàng

(一)短文
duǎnwén

依林：
Yīlín

謝謝 妳 昨天 來 看 我，從 車禍 發生 到 現在
xièxie nǐ zuótiān lái kàn wǒ cóng chēhuò fāshēng dào xiànzài

已經 一個 禮拜 了，除了 頭 還 有 一點 不 舒服 之外，
yǐjīng yíge lǐbài le chúle tóu hái yǒu yìdiǎn bù shūfú zhīwài

其他 都 好多 了。醫生 説 我 恢復 得 很快，再 過
qítā dōu hǎoduō le yīshēng shuō wǒ huīfù de hěnkuài zài guò

半個 月 就 可以 出 院 了。
bànge yuè jiù kěyǐ chūyuàn le

我 還要 謝謝 妳 送 我 這麼 漂亮 的 花，我 想
wǒ háiyào xièxie nǐ sòng wǒ zhème piàoliàng de huā wǒ xiǎng

要 把 它 擺 在 窗 邊，這樣 每天 一 看到 它，我
yào bǎ tā bǎi zài chuāngbiān zhèyàng měitiān yí kàndào tā wǒ

就 會 覺 得 很 開 心。
jiù huì juéde hěn kāixīn

對了，我 這麼 久 沒去 上課，很 擔心 會 有 很
duìle wǒ zhème jiǔ méi qù shàngkè hěn dānxīn huì yǒu hěn

多 地方 不 懂。等 我 出 院 以後，妳 能 借我 上 課
duō dìfāng bù dǒng děng wǒ chūyuàn yǐhòu nǐ néng jiè wǒ shàngkè

的筆記嗎？謝謝妳的 幫 忙。
de bǐjì ma　xièxie nǐ de bāngmáng

我很 想念妳，希望 能 快點 回到學校。
wǒ hěn xiǎngniàn nǐ　xīwàng néng　kuàidiǎn huídào xuéxiào

傑倫
Jiélún

(二)問題
wèntí

———— 1. 傑倫現在在哪裡？

　　(A) 車站

　　(B) 醫院

　　(C) 學校

　　(D) 家裡

_____ 2. 再過幾天傑倫才可以出院？

　　(A) 30天

　　(B) 8天

　　(C) 15天

　　(D) 21天

_____ 3. 傑倫為什麼會覺得開心？

　　(A) 頭還有一點不舒服

　　(B) 很快就可以出院了

　　(C) 看到依林送的禮物

　　(D) 可以不必去學校

_____ 4. 傑倫的身體怎麼樣？

　　(A) 恢復得很慢

　　(B) 只有頭很好，其他地方都不舒服

　　(C) 全身都不舒服

　　(D) 只有頭不舒服，其他地方都很好

_____ 5. 傑倫為什麼不能去學校？

　　(A) 搭車的時候發生不好的事情

　　(B) 心情不好

　　(C) 肚子不舒服

　　(D) 感冒

## (三) 生 詞
shēngcí

| | 生詞 | 漢語拼音 | 文意解釋 |
|---|---|---|---|
| 1 | 車禍 | chēhuò | car accident |
| 2 | 恢復 | huīfù | to recover,to regain |
| 3 | 出院 | chūyuàn | to be discharged from hospital |
| 4 | 擔心 | dānxīn | to worry,to be anxious |
| 5 | 筆記 | bǐjì | notes |
| 6 | 想念 | xiǎngniàn | miss,to miss the presence of |

# 二十五.常 掉傘的羅先生
### cháng diào sǎn de Luó xiānshēng

## (一)短文
### duǎnwén

羅先生 是 一位 英文 老師。他 很 會 教
Luó xiānshēng shì yíwèi yīngwén lǎoshī tā hěn huì jiao

英文、 工作 也 很 努力，所以 學校裡的 學生
yīngwén gōngzuò yě hěn nǔlì suǒyǐ xuéxiàolǐ de xuéshēng

和 同事 都 非常 喜歡 他。他 在 家 是 個 好
hé tongshì dōu fēicháng xǐhuān tā tā zài jiā shì ge hǎo

老公，也 是 個 好爸爸。他 對 他 的 太太、兒子都
lǎogōng yě shì ge hǎo bàba tā duì tā de tàitai érzi dōu

非常 好。可是，他 常 常 做 一件 事情，讓他
fēicháng hǎo kěshì tā chángcháng zuò yíjiàn shìqíng ràng tā

的太太 非常 不 高興。那就是：他 常 常 掉傘。
de tàitai fēicháng bù gāoxìng nà jiùshì tā chángcháng diào sǎn

你 相信 嗎？他已經 掉過50支 傘了。他 的 太太
nǐ xiāngxìn ma tā yǐjīng diàoguò zhī sǎn le tā de tàitai

告訴他：「一支 傘 雖然 不貴，但是 也 不 便宜。
gàosù tā yìzhī sǎn suīrán bù guì dànshì yě bù piányí

如果你再 掉傘，你 下次 就 淋雨回家吧！」羅 先 生
rúguǒ nǐ zài diàosǎn nǐ xiàcì jiù línyǔ huíjiā ba Luó xiānshēng

很怕太太 生氣，所以他 常 常 提醒自己：不要再
hěn pà tàitai shēngqì suǒyǐ tā chángcháng tíxǐng zìjǐ búyào zài

掉 傘 了。
diào sǎn le

有一天，羅 先 生 從 學 校 回家。他很高興地
yǒuyìtiān Luó xiānshēng cóng xuéxiào huíjiā　tā hěngāoxìngde

把傘 拿給太太 看，並且 說：「妳看！我 記得把 傘
bǎ sǎn nágěi tàitai kàn　bìngqiě shuō　nǐkàn　wǒ jìdé bǎ sǎn

帶回家了!」太太 看了羅 先 生 手 上 的 傘，
dàihuíjiā le　tàitai kànle Luó xiānshēng shǒushàng de sǎn

說：「可是 你今天 沒有 帶傘 出去啊!」
shuō　kěshì nǐ jīntiān méiyǒu dài sǎn chūqù a

(二)問題
wèntí

＿＿＿＿ 1. 什麼是「同事」？
　　　(A) 一樣的事情
　　　(B) 同學的事情
　　　(C) 和羅先生一樣在學校工作的人
　　　(D) 以上都不對

＿＿＿＿ 2. 哪一個不對？
　　　(A) 羅先生是一位英文老師
　　　(B) 羅先生很會教英文
　　　(C) 羅先生對太太、兒子非常好
　　　(D) 學生不喜歡羅先生

———— 3.「支」不可以放在哪個□裡面？

　　　(A) 一□書

　　　(B) 三□手機

　　　(C) 一□鑰匙

　　　(D) 一□雨傘

———— 4.「非常」這個詞不可以放在哪個□□裡面？

　　　(A) 沈佳宜□□漂亮

　　　(B) 我□□經過沈佳宜的家

　　　(C) 我□□想告訴沈佳宜一件事情

　　　(D) 沈佳宜，我□□喜歡你

———— 5. 下面四件事情，哪一件最早發生？

　　　(A) 羅先生把傘拿給太太看

　　　(B) 太太看了傘後沒有很高興

　　　(C) 羅先生從學校回家

　　　(D) 羅先生告訴太太：「我記得把傘帶回家了。」

## ㈢ 生　詞
shēngcí

| | 生詞 | 漢語拼音 | 文意解釋 |
|---|---|---|---|
| 1 | 同事 | tóngshì | colleague, fellow worker |
| 2 | 老公 | lǎogōng | husband |
| 3 | 淋雨 | línyǔ | to get wet in the rain |
| 4 | 提醒 | tíxǐng | remind, warn, alert to |
| 5 | 記得 | jìdé | to remember |
| 6 | 卻 | què | however, but, yet, indeed |

# 二十六. 寄 包 裹
## jì bāoguǒ

**㈠短 文**
duǎnwén

再 過 三天 就是 聖誕節 了。
zài guò sāntiān jiùshì Shèngdànjié le

這 一天，爸爸 請 多平 幫 他寄 兩個 包裹。
zhè yìtiān bàba qǐng Duōpíng bāng tā jì liǎngge bāoguǒ

大的包裹是要 送 奶奶的禮物，小的 包裹是要
dàde bāoguǒ shì yào sòng nǎinai de lǐwù xiǎode bāoguǒ shì yào

送 表 妹的 玩具。
sòng biǎomèi de wánjù

爸爸跟 多平 說：「寄一個包裹 要五十 元，
bàba gēn Duōpíng shuō jì yíge bāoguǒ yào wǔshí yuán

這裡是一百 元，剛 好可以寄 兩個 包裹。」
zhèlǐ shì yìbǎi yuán gānghǎo kěyǐ jì liǎngge bāoguǒ

過了十分鐘，多平 回來了。
guòle shífēnzhōng Duōpíng huílái le

爸爸 說：「你 怎麼這麼 快就 回來了？我要你
bàba shuō nǐ zěnme zhème kuài jiù huílái le wǒ yào nǐ

寄的 包裹 都 寄出去了嗎？」
jì de bāoguǒ dōu jìchūqùle ma

多平 高興的 說：「我 都 寄出去了，而且只
Duōpíng gāoxìng de shuō wǒ dōu jìchūqù le érqiě zhǐ

花了 五十　元。」
huāle　wǔshí　yuán

爸爸 覺得 很 奇怪，所以 問 多平 是 怎麼
bàba juéde hěn qíguài suǒyǐ wèn Duōpíng shì zěnme

做到 的。
zuòdào de

多平 回答：「我 把 小的 包裹 放進 比較大的
Duōpíng huídá　wǒ bǎ xiǎode bāoguǒ fàngjìn bǐjiàodà de

包裹 裡面，這 樣 只需要 五十 元！」
bāoguǒ lǐmiàn　zhèyàng zhǐ xūyào wǔshí yuán

## (二)問題
wèntí

———— 1. 請問「這一天」是幾月幾號？
(A) 25號
(B) 28號
(C) 18號
(D) 22號

———— 2. 「爸爸請多平幫他寄兩個包裹」裡的「他」是誰？
(A) 表妹
(B) 多平
(C) 奶奶
(D) 爸爸

———— 3. 請問最後是誰收到了包裹？
(A) 表妹
(B) 奶奶
(C) 都收到包裹了
(D) 都沒收到包裹

———— 4. 選出對的
a. □□的雨太大了，再等一下吧。
b. 不要走開，□□還有更有趣的節目！
c. 這本書不知道是誰的，□□沒寫名字。
d. 快點打開禮物，我想看看□□是什麼。
(A) a.上面　b.下面　c.外面　d.裡面
(B) a.外面　b.上面　c.裡面　d.下面
(C) a.外面　b.下面　c.上面　d.裡面
(D) a.上面　b.下面　c.裡面　d.外面

_____ 5. A：175公分，B：180公分，下面哪個是對的？

    (A) A比較矮

    (B) A比較高

    (C) A比B高五公分

    (D) B比A矮五公分

(三) 生　詞
shēngcí

| | 生詞 | 漢語拼音 | 文意解釋 |
|---|---|---|---|
| 1 | 聖誕節 | Shèngdànjié | Christmas day |
| 2 | 包裹 | bāoguǒ | a parcel,a package |
| 3 | 禮物 | lǐwù | a present,a gift |
| 4 | 玩具 | wánjù | a toy |
| 5 | 奇怪 | qíguài | strange |
| 6 | 放 | fàng | to put, to place |

# 二十七 · 男孩 與 農夫
## nánhái yǔ nóngfū

duǎnwén

有一個 男孩 走到 一個 農夫 的 西瓜田。男孩
yǒu yíge nánhái zǒudào yíge nóngfū de xīguātián nánhái

指著 田裡 的 一個 西瓜，問 農夫：「那個 大 西瓜
zhǐzhe tiánlǐ de yíge xīguā wèn nóngfū nèige dà xīguā

多 少 錢？」
duōshǎo qián

農夫 告訴 他：「80 元。」
nóngfū gàosù tā yuán

男孩 說：「可是，我 只有 50 元。」
nánhái shuō kěshì wǒ zhǐyǒu yuán

農夫 一邊 笑著，一邊 指著 田裡 一個 很 小 的
nóngfū yìbiān xiàozhe yìbiān zhǐzhe tiánlǐ yíge hěn xiǎo de

西瓜，問 男孩：「你 要不要 買 這個 西瓜？你 帶的
xīguā wèn nánhái nǐ yàobúyào mǎi zhèige xīguā nǐ dài de

錢 剛好 可以 買 這個 小 西瓜。」
qián gānghǎo kěyǐ mǎi zhèige xiǎo xīguā

男孩 想了一下，回答：「好，我 買 這個 西瓜，
nánhái xiǎngle yíxià huídá hǎo wǒ mǎi zhèige xīguā

但是 請 你 不要 現在 給 我。」
dànshì qǐng nǐ búyào xiànzài gěi wǒ

農夫問：「你什麼 時候 才要來拿？」
nóngfū wèn　　nǐ shéme shíhòu　cái yào lái ná

男孩回答：「等它多 長 一兩個星期之後，
nánhái huídá　　děng tā duō zhǎng yìliǎngge xīngqí zhīhòu

我再來拿！」
wǒ zài lái ná

## (二)問題
wèntí

_____ 1. 男孩到西瓜田想做什麼事情？
　　　(A) 賣西瓜
　　　(B) 吃西瓜
　　　(C) 看西瓜
　　　(D) 買西瓜

___ ___ 2. 男孩帶的錢可以買幾個西瓜？
　　　(A) 一個大西瓜
　　　(B) 一個大西瓜跟一個小西瓜
　　　(C) 兩個大西瓜
　　　(D) 一個小西瓜

_____ 3. 爲什麼男孩不要現在拿西瓜？
　　　(A) 他想等西瓜變大
　　　(B) 他現在沒有錢
　　　(C) 農夫不想現在給他西瓜
　　　(D) 他想明天再拿西瓜

———— 4. 「男孩思考了一下」，請問「一下」是多久的時間？

⒜ 很短的時間

⒝ 一個小時

⒞ 一天

⒟ 很長的時間

———— 5. 哪一個正確？

⒜ 農夫想買西瓜

⒝ 一個大西瓜130元

⒞ 一個小西瓜50元

⒟ 男孩想馬上拿到西瓜

## (三)生　詞
shēngcí

| | 生詞 | 漢語拼音 | 文意解釋 |
|---|---|---|---|
| 1 | 農夫 | nóngfū | peasant, farmer |
| 2 | 西瓜田 | xīguātián | watermelon field |
| 3 | 指 | zhǐ | point |
| 4 | 田 | tián | field |
| 5 | 剛好 | gānghǎo | exact, just right |
| 6 | 長 | zhǎng | grow |

# 二十八. 說 謊 比賽
## shuōhuǎng bǐsài

王 先生 是 一位 中學 老師，他 非常
Wáng xiānshēng shì yíwèi zhōngxué lǎoshī tā fēicháng

擔心 他 的 學生。因爲 他 覺得，現在 的 學生，
dānxīn tā de xuéshēng yīnwèi tā juéde xiànzài de xuéshēng

不 知道 什麼 事情 是 對的，什麼 事情 是 錯 的。
bù zhīdào shéme shìqíng shì duì de shéme shìqíng shì cuò de

有 一天，在 他 下班 回家 的 路上，他 看到了 他
yǒu yìtiān zài tā xiàbān huíjiā de lùshàng tā kàndàole tā

的 五個 學生，正在 公園裡 圍著 一隻 小 狗。
de wǔge xuéshēng zhèngzài gōngyuánlǐ wéizhe yìzhī xiǎogǒu

他 走向 他 的 學生們，對 他們 說：「你們
tā zǒuxiàng tā de xuéshēngmen duì tāmen shuō nǐmen

怎麼 沒有 馬上 回家，在 這裡 做 什麼？」其中
zěnme méiyǒu mǎshàng huíjiā zài zhèlǐ zuò shéme qízhōng

一個 學生 回答：「我們 正在 比賽。」王 先生
yíge xuéshēng huídá wǒmen zhèngzài bǐsài Wáng xiānshēng

問：「你們 在 比賽 做 什麼 事情？」另 一個 學生
wèn nǐmen zài bǐsài zuò shéme shìqíng lìng yíge xuéshēng

回答：「我們 在 比賽 說謊，誰 說 的 謊話
huídá wǒmen zài bǐsài shuōhuǎng shéi shuō de huǎnghuà

大家 最 不 能 相信，就 可以 把 這隻 可愛的 小狗
dàjiā zuì bùnéng xiāngxìn jiù kěyǐ bǎ zhèzhī kěài de xiǎogǒu

帶 回家。」王 先生 覺得，學 生 比賽 說 謊
dài huíjiā Wáng xiānshēng juéde xuéshēng bǐsài shuōhuǎng

是 不對 的 事情，他 必須 好好 教 他的 學 生 們，
shì búduì de shìqíng tā bìxū hǎohǎo jiāo tā de xuéshēngmen

所以 王 先 生 告訴 他 的 學 生 們 說：「我
suǒyǐ Wáng xiānshēng gàosù tā de xuéshēngmen shuō wǒ

已經 活了 40 幾歲，從來 沒有 說 過 謊。」最後
yǐjīng huóle jǐsuì cónglái méiyǒu shuōguò huǎng zuìhòu

王 先 生 得到了 那隻 小 狗。
Wáng xiānshēng dédàole nàzhī xiǎogǒu

## (二) 問題
wèntí

_____ 1. 王先生擔心什麼事情？

    (A) 擔心他不能回家

    (B) 擔心學生不知道什麼事情是錯的

    (C) 擔心學生不能說謊

    (D) 擔心他不能把小狗帶回家

_____ 2. 做了什麼事情的人可以把小狗帶回家？

    (A) 沒說謊的人

    (B) 圍著小狗的人

    (C) 不回家的人

    (D) 說的謊大家最不能相信的人

_____ 3. 哪一個正確？

    (A) 沒有人得到小狗

    (B) 有一個學生把小狗帶回家了

    (C) 王先生覺得比賽說謊是對的事情

    (D) 學生們覺得王先生說了謊

_____ 4. 為什麼王先生贏得那隻小狗？

    (A) 因為學生都不相信王先生沒有說過謊

    (B) 因為學生都先回家了

    (C) 因為學生都知道自己錯了

    (D) 因為學生都不要小狗了

_____ 5. 「所以」這個詞可以放進去哪個□□裡面？

    (A) 因為我太晚起床，□□我上學遲到了。

    (B) 她長得很漂亮，□□很聰明。

    (C) 雖然昨天是下雨天，□□我玩得很開心。

    (D) 那本書很便宜，我帶的錢可以買那本書，□□我沒有買。

㈢生 詞
shēngcí

| | 生詞 | 漢語拼音 | 文意解釋 |
|---|---|---|---|
| 1 | 圍 | wéi | surround, enclose, |
| 2 | 其中 | qízhōng | among (which, them, etc.), in (which, it, etc.) |
| 3 | 比賽 | bǐsài | competition |
| 4 | 另 | lìng | another |
| 5 | 說謊 | shuōhuǎng | tell a lie |
| 6 | 謊話 | huǎnghuà | lie |
| 7 | 從來 | cónglái | never |
| 8 | 得到 | dédào | succeed in obtaining, gain, receive |

# 二十九．買 「東西」
## mǎi dōngxi

你 知道 爲什麼 中文 說「買 東西」，而 不
nǐ zhīdào wèishéme zhōngwén shuō mǎi dōngxi ér bù

說「買 南北」嗎？關於 這個 詞，有 一個 很 有 意思 的
shuō mǎi nán běi ma guānyú zhèige cí yǒu yíge hěn yǒu yìsi de

小 故事。
xiǎo gùshì

從 前，有 一個 很 聰明 的 人 叫 朱熹，他 有
cóngqián yǒu yíge hěn cōngmíng de rén jiào Zhū Xī tā yǒu

一個 好 朋友 叫 盛 溫和。
yíge hǎo péngyǒu jiào Shèng Wēnhé

有 一天，兩個 人 在 路上 相 遇。朱熹 看見
yǒu yìtiān liǎngge rén zài lùshàng xiāngyù Zhū Xī kànjiàn

盛 溫和 手上 提著 一個 竹 籃子，於是 就 問
Shèng Wēnhé shǒushàng tízhe yíge zhú lánzi yúshì jiù wèn

他：「你 要 去 哪裡？」
tā nǐ yào qù nǎlǐ

盛 溫和 回答：「我 要 出門 買 東西。」
Shèng Wēnhé huídá wǒ yào chūmén mǎi dōngxi

朱熹 又 問 他：「你 爲什麼 說 買 東西，而
Zhū Xī yòu wèn tā nǐ wèishéme shuō mǎi dōngxi ér

不是 說買南北呢？」
búshì shuō mǎi nán běi ne

盛 溫和 問 朱熹：「那 你 知道 什麼 是
Shèng Wēnhé wèn Zhū Xī nà nǐ zhīdào shéme shì

五行 嗎？」
wǔxíng ma

朱熹回答：「當然 知道！五行就是 金、木、水、
Zhū Xī huídá dāngrán zhīdào wǔxíng jiùshì jīn mù shuǐ

火、土。東方 是木，西方 是 金，南方 是火，
huǒ tǔ dōngfāng shì mù xīfāng shì jīn nánfāng shì huǒ

北方 是水，中 間是土。」
běifāng shì shuǐ zhōngjiān shì tǔ

盛 溫和 說：「這就 對啦！我手上 提著的是
Shèng Wēnhé shuō zhè jiù duìla wǒ shǒushàng tízhe de shì

竹籃子，竹籃子 裝 水會 漏光，裝 火會
zhú lánzi zhú lánzi zhuāng shuǐ huì lòuguāng zhuāng huǒ huì

燒掉，只能 裝 金和木，所以才 說 買 東西，而
shāodiào zhǐnéng zhuāng jīn hé mù suǒyǐ cái shuō mǎi dōngxi ér

不 說買 南北阿！」
bù shuō mǎi nán běi a

## (二)問題
wèntí

_____ 1. 為什麼說「買東西」，而不說「買南北」？
  (A) 盛溫和想買一個叫做「東西」的物品
  (B) 東方是木，西方是金，竹籃子可以裝木頭和金子
  (C) 市場在東邊和西邊
  (D) 竹籃子是在東邊的市場買的

_____ 2. 請問「有意思」是什麼意思？
  (A) 無聊
  (B) 有意義
  (C) 有趣
  (D) 重要

_____ 3. 哪一個是對的？
  (A) 朱熹和盛溫和是好朋友
  (B) 朱熹要出門買東西
  (C) 盛溫和要去買金子和木頭
  (D) 朱熹不知道什麼是「五行」

_____ 4. 「是…而不是…」可以填入下面哪個句子？
  (A) ___ 這次失敗了，___ 他還是不想放棄
  (B) 他 ___ 個性好，___ 功課也很好
  (C) 我想喝的 ___ 紅茶，___ 咖啡
  (D) ___ 天氣不好，___ 沒辦法出去玩了

_____ 5. 選出對的
  a.吃□  b.看□  c.丟□  d.打□
  (A) a.完 b.見 c.掉 d.開
  (B) a.掉 b.開 c.見 d.完
  (C) a.見 b.掉 c.開 d.完
  (D) a.掉 b.完 c.開 d.見

## (三) 生 詞
shēngcí

|   | 生詞 | 漢語拼音 | 文意解釋 |
|---|------|----------|----------|
| 1 | 而 | ér | yet, but |
| 2 | 關於 | guānyú | about, on, with regard to |
| 3 | 有意思 | yǒuyìsi | to be interesting |
| 4 | 相遇 | xiāngyù | to meet |
| 5 | 竹籃子 | zhú lánzi | bamboo basket |
| 6 | 五行 | wǔxíng | metal（金）, wood（木）, water（水）, fire（火）and earth（土）-- the five elements in ancient Chinese philosophy and fortune-telling. |
| 7 | 裝 | zhuāng | to fill, to load |
| 8 | 漏 | lòu | to leak (liquid) |
| 9 | 燒 | shāo | to burn |

# 三十. 真話 與 假話
## zhēnhuà yǔ jiǎhuà

㈠短文
duǎnwén

王 天 明 到 埃及 自助 旅行，可是 他在 沙漠 中
Wáng Tiānmíng dào Āijí zìzhù lǚxíng kěshì tā zài shāmò zhōng

迷路了。他 看不懂 地圖，不 知道 該 怎麼 走。太陽
mílù le tā kànbùdǒng dìtú bù zhīdào gāi zěnme zǒu tàiyáng

很大，天氣 非常 熱，他的 肚子也非常 餓。就在他
hěn dà tiānqì fēicháng rè tā de dùzǐ yě fēicháng è jiùzài tā

快要 走不下去的 時候，他的 面前 出現了一個
kuàiyào zǒubúxiàqù de shíhòu tā de miànqián chūxiànle yíge

胖子跟 一個 瘦子。 兩個人的 手上 都 拿著
pàngzi gēn yíge shòuzi liǎngge rén de shǒushàng dōu názhe

食物和 水。王 天 明 希望 這 兩個人可以 幫幫
shíwù hàn shuǐ Wáng Tiānmíng xīwàng zhè liǎngge rén kěyǐ bāngbāng

他，給他 一點 水 跟 食物。可是 胖子 跟 瘦子都
tā gěi tā yìdiǎn shuǐ gēn shíwù kěshì pàngzi gēn shòuzi dōu

告訴 天明，他們 兩個人一個人 說 的 話 是
gàosù Tiānmíng tāmen liǎngge rén yíge rén shuō de huà shì

眞話，一個人 說 的 話不是眞 話，不能 相信。
zhēnhuà yíge rén shuō de huà búshì zhēnhuà bùnéng xiāngxìn

而且他們 其中 一個人拿 的 食物 跟 水 是 不能
érqiě tāmen qízhōng yíge rén ná de shíwù gēn shuǐ shì bùnéng

吃 跟 不能 喝的，如果 不 小心 吃了，可能 會
chī gēn bùnéng hē de rúguǒ bù xiǎoxīn chī le kěnéng huì

生病，還 可能 會 死掉。王 天 明 必須 問 他們
shēngbìng hái kěnéng huì sǐdiào Wáng Tiānmíng bìxū wèn tāmen

問題，才 能 得到 乾淨 的 食物 和 水。王 天 明
wèntí cáinéng dédào gānjìng de shíwù hàn shuǐ Wáng Tiānmíng

想了一下，然後 問 胖子：「今天 是 晴天 嗎？」
xiǎngle yíxià ránhòu wèn pàngzi jīntiān shì qíngtiān ma

胖子 回答：「是的。」 王 天 明 又 問 胖子：「你
pàngzi huídá shì de Wáng Tiānmíng yòu wèn pàngzi nǐ

的 食物 可以 吃 嗎？」胖子 回答：「可以。」你 覺得
de shíwù kěyǐ chī ma pàngzi huídá kěyǐ nǐ juéde

胖子 的 食物 和 水 是 乾淨 的 嗎？
pàngzi de shíwù hàn shuǐ shì gānjìng de ma

## (二)問題
wèntí

_____ 1. 王天明跟誰一起去埃及旅行？

　　(A) 自己一個人去

　　(B) 家人

　　(C) 胖子和瘦子

　　(D) 好朋友

_____ 2. 「迷路」是什麼意思？

　　(A) 不知道對的路應該怎麼走

　　(B) 走路走太多了

　　(C) 覺得肚子很餓，口很渴

　　(D) 覺得天氣太熱

_____ 3. 「也」這個詞可以放在哪個□裡面？

　　(A) 我喜歡喝汽水，□喜歡喝咖啡。

　　(B) 我□媽媽昨天一起去公園玩。

　　(C) 我吃了蘋果□西瓜。

　　(D) 中文□英文我都喜歡。

_____ 4. 如果吃到「不能吃的食物」可能不會發生什麼事情？

　　(A) 生病

　　(B) 死亡

　　(C) 迷路

　　(D) 上面的答案都不對

_____ 5. 哪一個正確？

　　(A) 胖子的食物跟水不乾淨

　　(B) 胖子和瘦子說的話都不能相信

　　(C) 今天不是晴天

　　(D) 胖子說的話是真話

# (三) 生 詞
shēngcí

| | 生詞 | 漢語拼音 | 文意解釋 |
|---|---|---|---|
| 1 | 埃及 | Āijí | Egypt |
| 2 | 沙漠 | shāmò | desert |
| 3 | 迷路 | mílù | stray, estray, lose one's way, wilder, get lost |
| 4 | 面前 | miànqián | in the face of, in front of, before |
| 5 | 出現 | chūxiàn | to appear, to arise, to emerge |
| 6 | 胖子 | pàngzi | fat person |
| 7 | 瘦子 | shòuzi | thin person |
| 8 | 死 | sǐ | to die |

# 三十一. 東西 掉 了
## dōngxi  diào  le

(一)短 文
duǎnwén

親愛 的 同 學 大家 好：
qīnài  de  tóngxué  dàjiā  hǎo

　昨天　中 午 我在 餐廳 弄 丟了 錢包。
zuótiān  zhōngwǔ  wǒ  zài  cāntīng  nòngdiūle  qiánbāo

那是 一個 藍色、 上 面 有 很多 星星
nàshì  yíge  lánsè  shàngmiàn  yǒu  hěnduō  xīngxīng

圖案的 錢包，裡面 有 我的 學 生　證、
túàn  de  qiánbāo  lǐmiàn  yǒu  wǒ de  xuéshēngzhèng

護 照 和 五百多 元 的 現金，請 大家 幫
hùzhào  hé  wǔbǎiduō  yuán  de  xiànjīn  qǐng  dàjiā  bāng

我 找 找看。
wǒ  zhǎozhǎokàn

　這個 錢包 對 我 來 說 特別 重要，
zhèige  qiánbāo  duì  wǒ  láishuō  tèbié  zhòngyào

因為它是 我媽媽 送 給我的 生日禮物，
yīnwèi tā　shì wǒ māma sòng gěi wǒ de shēngrì　lǐwù

所以我希望 能　快 點把它 找回來。
suǒyǐ　wǒ xīwàng néng kuàidiǎn bǎ　tā zhǎohuílái

如果你 找 到了錢包，請 通知我，為了
rúguǒ nǐ zhǎodàole qiánbāo qǐng tōngzhī wǒ　wèile

表 達我的謝意，我會 請你吃一頓午餐。
biǎodá wǒ de　xièyì　　wǒ huì qǐng nǐ　chī　yídùn wǔcān

謝謝！
xièxie

聯 絡 方式：王 同 學 0912-345000
liánluò fāngshì Wáng tóngxué

(二)問題
wèntí

_____ 1. 王同學為什麼要寫這篇短文？

  (A) 想找回他的錢包

  (B) 想買到這個錢包

  (C) 想找他的媽媽

  (D) 認識新朋友

_____ 2. 下面哪一個是王同學的錢包

  (A)   (B)   (C)   (D)

_____ 3. 為什麼這個錢包很重要

  (A) 錢包很貴

  (B) 錢包是朋友送的

  (C) 錢包的樣子很漂亮

  (D) 錢包是媽媽送的禮物

_____ 4. 「五百多元」可以指下面哪一個？

  (A) 498元

  (B) 528元

  (C) 620元

  (D) 500元

_____ 5. 下面哪一句的「特別」和「這個錢包對我來說特別重要」的「特別」是一樣的意思？

  (A) 我收到了一份特別的生日禮物。

  (B) 明天就要去旅行了，大家今天都「特別」高興。

  (C) 你今天看起來很「特別」，是不是剪頭髮了。

  (D) 這是一本很「特別」的書。

## (三) 生 詞
shēngcí

|   | 生詞 | 漢語拼音 | 文意解釋 |
|---|------|----------|----------|
| 1 | 錢包 | qiánbāo | a wallet,a purse |
| 2 | 圖案 | túàn | a pattern,a design |
| 3 | 護照 | hùzhào | a passport |
| 4 | 現金 | xiànjīn | cash |
| 5 | 特別 | tèbié | specially,specifically |
| 6 | 通知 | tōngzhī | to notify |
| 7 | 表達 | biǎodá | to express,to speak |
| 8 | 謝意 | xièyì | thankfulness, gratitude |
| 9 | 頓 | dùn | individual measure word for regular meals |

# 三十二. 我 的 家庭
## wǒ de jiātíng

**(一)短文**
**duǎnwén**

我 的 家裡 有 爸爸、媽媽 和 兩個可愛的 妹妹。
wǒ de jiālǐ yǒu bàba māma hé liǎngge kěài de mèimei

我們 家以前 住 在 臺中，五年 前，我們 從 臺中
wǒmen jiā yǐqián zhù zài Táizhōng wǔnián qián wǒmen cóng Táizhōng

搬 到 臺北。我本來不太喜歡 臺北，因為臺北不但
bān dào Táiběi wǒ běnlái bú tài xǐhuān Táiběi yīnwèi Táiběi búdàn

有 很多 車子，而且 空氣不好、 東西 又貴、公園
yǒu hěnduō chēzi érqiě kōngqì bù hǎo dōngxi yòu guì gōngyuán

又不多。我 很 想 念我臺中 的家，還有臺中
yòu bù duō wǒ hěn xiǎngniàn wǒ Táizhōng de jiā háiyǒu Táizhōng

的好朋友。
de hǎopéngyǒu

後來，媽媽 生了一對 雙胞胎， 也 就 是我
hòulái māma shēngle yíduì shuāngbāotāi yě jiù shì wǒ

兩個 可愛 的 妹妹，我才覺得 生 活 變得有趣了。
liǎngge kěài de mèimei wǒ cái juéde shēnghuó biànde yǒuqù le

我 每天 放學 回家，最 喜歡做的事情，就是 跟
wǒ měitiān fàngxué huíjiā zuì xǐhuān zuò de shìqíng jiùshì gēn

妹妹們 玩。週末的時候，爸爸也 常 常 帶我們
mèimeimen wán zhōumò de shíhòu bàba yě chángcháng dài wǒmen

出去 玩。我 在 學校 慢 慢的 認識了 許多 新 朋 友，
chūqù wán　wǒ zài xuéxiào mànmànde rènshìle xǔduō xīn péngyǒu

我們　常　常　一起讀書、寫　功課、聊天。
wǒmen chángcháng yìqǐ dúshū　xiě　gōngkè liáotiān

現在，我 每天　都 覺得 很 開心。雖然我 想 念
xiànzài　wǒ měitiān dōu juéde hěn kāixīn　suīrán wǒ xiǎngniàn

臺 中 的 朋 友，但是我 也喜歡　臺北了。
Táizhōng　de　péngyǒu　dànshì wǒ yě xǐhuān　Táiběi le

(二)問題
wèntí

―――― 1. 他的家裡一共有幾個人？
　　　　　(A) 七個人
　　　　　(B) 六個人
　　　　　(C) 五個人
　　　　　(D) 四個人

―――― 2. 他為什麼本來不太喜歡臺北？
　　　　　(A) 臺北的車子不多
　　　　　(B) 臺北的空氣很好
　　　　　(C) 臺北的東西很便宜
　　　　　(D) 臺北的公園很少

―――― 3. 哪個句子的意思和「我才覺得生活變得有趣了」一樣？
　　　　　(A) 我才覺得生活變得無聊了
　　　　　(B) 我才覺得生活變得有意思了
　　　　　(C) 我才覺得生活變得忙碌了
　　　　　(D) 我才覺得生活變得辛苦了

———— 4. 他放學回家最喜歡做的事情是什麼？

  (A) 跟妹妹們玩

  (B) 跟爸媽聊天

  (C) 跟同學一起寫功課

  (D) 跟朋友一起讀書

———— 5. 哪一個正確？

  (A) 他的爸爸每天都帶他們出去玩

  (B) 他現在不喜歡臺北

  (C) 他想念臺中的朋友

  (D) 他覺得臺北的生活很無聊

## (三) 生 詞 shēngcí

| | 生詞 | 漢語拼音 | 文意解釋 |
|---|---|---|---|
| 1 | 臺中 | Táizhōng | a city located in west-central Taiwan |
| 2 | 臺北 | Táiběi | the capital of the Republic of China |
| 3 | 本來 | běnlái | essentially, originally, at first |
| 4 | 車子 | chēzi | car, vehicle |
| 5 | 而且 | érqiě | furthermore, besides ,moreover |
| 6 | 想念 | xiǎngniàn | remember with longing, miss |
| 7 | 對 | duì | measure word for two things associated or used together |
| 8 | 雙胞胎 | shuāngbāotāi | twins |
| 9 | 放學 | fàngxué | classes are over, school is over (for the day) |

# 三十三. 好好先生
## hǎo hǎo xiān shēng

(一)短文
duǎnwén

很久以前，有一個人叫司馬徽，因為那個時候
hěnjiǔ yǐqián yǒu yíge rén jiào Sīmǎ Huī yīnwèi nà ge shíhòu

的社會很混亂，他怕說了不對的話會得罪人，
de shèhuì hěn hǔnluàn tā pà shuōle búduì de huà huì dézuì rén

所以不管什麼人、什麼事，他都說「好，好！」
suǒyǐ bùguǎn shéme rén shéme shì tā dōu shuō hǎo hǎo

有一次，有一個人問他：「你的身體健康
yǒu yícì yǒu yíge rén wèn tā nǐ de shēntǐ jiànkāng

嗎？」司馬徽回答：「好！」又有一次，有一個
ma Sīmǎ Huī huídá hǎo yòu yǒu yícì yǒu yíge

朋友到家裡來，他很傷心地說自己的兒子
péngyǒu dào jiālǐ lái tā hěn shāngxīn de shuō zìjǐ de érzi

死了，司馬徽聽了，也回答：「好！」等朋友走
sǐ le Sīmǎ Huī tīngle yě huídá hǎo děng péngyǒu zǒu

了以後，司馬徽的太太臉紅脖子粗地跟他
le yǐhòu Sīmǎ Huī de tàitai liǎn hóng bó zi cū de gēn tā

說：「你是他的朋友，朋友的兒子死了，你不
shuō nǐ shì tā de péngyǒu péngyǒu de érzi sǐ le nǐ bù

但不安慰他，反而還說『好』，太不應該了！」
dàn bù ānwèi tā fǎnér hái shuō hǎo tài bùyīnggāi le

113

沒 想 到 司馬 徽 回答：「好，妳 的 話 太好 了！」這
méixiǎngdào Sīmǎ Huī huídá　　hǎo　nǐ de huà tàihǎo le　　zhè

就是「好 好 先 生」的 故事。後來 人們 就 稱 呼
jiùshì　hǎo hǎo xiān shēng　de gùshì　hòulái rénmen jiù chēng hū

那些 不 堅持 原則、不敢 得罪 別人 的 人 叫 做
nàxiē bù jiānchí yuánzé　bùgǎn dézuì biérén de　rén jiào zuò

「好 好 先 生」。
　hǎo hǎo xiān shēng

## (二)問題
wèntí

_____ 1. 為什麼大家叫司馬徽「好好先生」？
(A) 他長得很好看
(B) 他只會寫「好」這個字
(C) 他有很多錢
(D) 不管別人說什麼，他都說「好」

_____ 2. 為什麼司馬徽的太太會「臉紅脖子粗」？
(A) 因為她很熱
(B) 因為朋友的兒子死了
(C) 因為司馬徽說了不對的話
(D) 因為朋友來找他聊天

_____ 3.「臉紅脖子粗」是什麼意思？
(A) 傷心
(B) 生氣
(C) 高興
(D) 生病

_____ 4. 請問「太不應該了」是什麼意思？

    (A) 不應該這樣做

    (B) 做不到的事情

    (C) 做的事情是對的

    (D) 可能的意思

_____ 5. 下面哪一句的「都」和「不管什麼人、什麼事，他都說『好！』」的「都」是一樣的意思？

    (A) 你居然連這麼簡單的問題都不會

    (B) 臺北是一個美麗的都市

    (C) 我們都喜歡楊老師的中文課

    (D) 你怎麼這麼晚來，電影都結束了

## (三) 生 詞 shēngcí

| | 生詞 | 漢語拼音 | 文意解釋 |
|---|---|---|---|
| 1 | 社會 | shèhuì | society,the community |
| 2 | 混亂 | hǔnluàn | disorder,chaos |
| 3 | 得罪 | dézuì | to offend,to displease |
| 4 | 傷心 | shāngxīn | broken-hearted,sorrowful |
| 5 | 臉紅脖子粗 | liǎn hóng bó zi cū | to be red to the tip of one's ears,extremely angry |
| 6 | 安慰 | ānwèi | to comfort,to soothe |
| 7 | 反而 | fǎnér | on the contrary,instead |
| 8 | 好好先生 | hǎo hǎo xiān shēng | one who tries not to offend anybody |
| 9 | 稱呼 | chēnghū | to call,to name |
| 10 | 堅持 | jiānchí | to insist that,to persist in, stick to |
| 11 | 原則 | yuánzé | principles,a framework |

# 三十四. 臺北　公車　與　捷運
## Táiběi　gōngchē　yǔ　jiéyùn

臺北　是　臺灣「大 眾 交 通 工 具」最　發 達　的
Táiběi　shì　Táiwān　dàzhòngjiāotōnggōngjù　zuì　fādá　de

地方。住在　臺北　的人，不會 開車、不會 騎機車也
dìfāng　zhùzài　Táiběi　de rén　búhuì　kāichē　búhuì　qíjīchē yě

沒 關 係。他們 還是 可以 靠著 大 眾 交 通 工 具去
méiguānxi　tāmen　háishì　kěyǐ　kàozhe　dàzhòngjiāotōnggōngjù　qù

臺北 其他的　地方。
Táiběi　qítā　de　dìfāng

臺北有 很多　公車，坐 公車 的費用 很 便宜，
Táiběi yǒu hěnduō gōngchē zuò gōngchē de fèiyòng hěn piányí

一次 15　元。
yícì　yuán

如果你是 有 悠 遊卡的 學生，一次只 需要12 元
rúguǒ nǐ shì yǒu yōuyóukǎ de xuéshēng yícì zhǐ xūyào　yuán

呢！如果 你 覺得 坐 公 車太 慢了，你 可以 選 擇
ne　rúguǒ nǐ　juéde zuò gōngchē tài màn le　nǐ kěyǐ xuǎnzé

坐捷運。臺北 捷運 到 現在（2011年）一共 有 94 個
zuòjiéyùn　Táiběi jiéyùn dào xiànzài　nián　yígòng yǒu　ge

車 站。捷運一 小 時可以跑 80 公里，你 可以 很快地
chēzhàn　jiéyùn yì xiǎoshí kěyǐ pǎo　gōnglǐ nǐ kěyǐ hěnkuàide

到你 想 要去的 地方。
dào nǐ xiǎngyào qù de dìfāng

車 站 裡面 非常 乾淨，因爲在 車站 裡面 不能
chēzhàn lǐmiàn fēicháng gānjìng yīnwèi zài chēzhàn lǐmiàn bùnéng

吃 東西、喝 飲料。車 站 裡面 還有 冷氣，所以 天氣
chī dōngxi hē yǐnliào chēzhàn lǐmiàn háiyǒu lěngqì suǒyǐ tiānqì

熱 的 時候 坐 捷運 非常 舒服。
rè de shíhòu zuò jiéyùn fēicháng shūfú

不過，坐 捷運 的 費用 貴了 一些，需要 20 元。
búguò zuò jiéyùn de fèiyòng guì le yìxiē xūyào yuán

如果 你 要 去的 地方 比較 遠，需要 的 費用 會
rúguǒ nǐ yào qù de dìfāng bǐjiào yuǎn xūyào de fèiyòng huì

更多。看 完了 介紹，你 比較 喜歡 坐 公車 還是
gèngduō kànwánle jièshào nǐ bǐjiào xǐhuān zuò gōngchē háishì

捷運 呢？
jiéyùn ne

(二)問題
wèntí

———— 1. 這篇文章介紹了幾種「大眾交通工具」？

　　　(A) 1

　　　(B) 2

　　　(C) 3

　　　(D) 4

_____ 2. 這篇文章應該是什麼時候寫好的？

(A) 2009

(B) 2010

(C) 2011

(D) 文章沒有說

_____ 3. 哪個正確？

(A) 坐捷運比坐公車便宜

(B) 坐公車比坐捷運慢

(C) 學生用悠遊卡坐公車，需要15元

(D) 坐公車只需要20元

_____ 4. 哪個不是捷運的好處？

(A) 快

(B) 乾淨

(C) 便宜

(D) 舒服

_____ 5. 「如果」這個詞可以放在哪個□□裡面？

(A) □□你喜歡看書，你可以去圖書館。

(B) □□我太晚起床，所以我今天上學遲到了。

(C) □□我很努力唸書，可是我還是考不好。

(D) □□我喜歡中文，但是我不喜歡寫漢字。

## (三) 生　詞
shēngcí

|  | 生詞 | 漢語拼音 | 文意解釋 |
|---|---|---|---|
| 1 | 臺北 | Táiběi | Taipei is the largest city in Taiwan and has served as the de facto capital. |
| 2 | 臺灣 | Táiwān | TheRepublic of China(ROC), commonly known as Taiwan, is a sovereign state located in East Asia. |

| | 生詞 | 漢語拼音 | 文意解釋 |
|---|---|---|---|
| 3 | 大眾交通工具 | dàzhòngjiāotōnggōngjù | public transportation |
| 4 | 發達 | fādá | developed, flourishing |
| 5 | 機車 | jīchē | motorcycle |
| 6 | 靠 | kào | depend/rely on |
| 7 | 其他 | qítā | others, the rest, other, else |
| 8 | 費用 | fèiyòng | cost, expenses |
| 9 | 悠遊卡 | yōuyóukǎ | EasyCard .The EasyCard is a contactless smartcard system operated by the Taipei Smart Card Corporation for payment on the Taipei MRT and buses. |
| 10 | 車站 | chēzhàn | station |
| 11 | 公里 | gōnglǐ | kilometer |

# 三十五. 履歷
lǚlì

## (一) 短文
duǎnwén

| |
|---|
| 寄件人：李大同〔abc@coldmail.com〕 |
| 收件人：英文教學中心〔ET123@coldmail.com〕 |
| 時間：Mon, 18 Jul 2011 17:52:35 |
| 標題：履歷 |
| 自我介紹：<br>zìwǒ jièshào<br><br>你好，我的名字叫李大同。從小我就對<br>nǐhǎo wǒ de míngzi jiào Lǐ Dàtóng cóngxiǎo wǒ jiù duì<br><br>英文有很大的興趣，以前唸書的時候，成績<br>yīngwén yǒu hěndà de xìngqù yǐqián niànshū de shíhòu chéngjī<br><br>最好的科目也是英文。我大學進入了英文系，<br>zuìhǎo de kēmù yě shì yīngwén wǒ dàxué jìnrùle yīngwén xì<br><br>畢業之後擔任過兩年的英文老師。我有空<br>bìyè zhīhòu dānrèn guò liǎngnián de yīngwén lǎoshī wǒ yǒukòng<br><br>的時候也喜歡練習英文，像看英文書、英文<br>de shíhòu yě xǐhuān liànxí yīngwén xiàng kàn yīngwén shū yīngwén<br><br>報紙等，只要一有機會，我就想接觸英文。<br>bàozhǐ děng zhǐyào yìyǒu jīhuì wǒ jiùxiǎn jiēchù yīngwén |

我 希望 可以 得到 這個 機會，讓 我 擔任
wǒ xīwàng kěyǐ dédào zhèige jīhuì ràng wǒ dānrèn

你們 學校 的 英文 老師。如果 我 得到了這 份
nǐmen xuéxiào de yīngwén lǎoshī rúguǒ wǒ dédàole zhèfèn

工 作，我 一定 會 努力 教學，讓 每一個 學 生
gōngzuò wǒ yídìng huì nǔ lì jiāoxué ràng měiyíge xuéshēng

都 能 開心地 學 英文。
dōu néng kāixīn de xué yīngwén

## (二)問題
wèntí

_____ 1. 什麼時候可以用到這張表？
   (A) 買東西
   (B) 做菜
   (C) 寫作業
   (D) 找工作

_____ 2. 李大同想當什麼？
   (A) 警察
   (B) 老師
   (C) 學生
   (D) 護士

_____ 3. 下面哪一個是對的？
   (A) 大學的時候，李大同才對英文有興趣
   (B) 李大同當過英文老師
   (C) 李大同的英文不好
   (D) 李大同不喜歡英文

_____ 4. 「只要一有機會，我就想接觸英文」這句話的意思，下列哪一
個是對的？
(A) 不喜歡英文的意思
(B) 有機會，也不想接觸英文
(C) 如果有機會，就想多接觸英文
(D) 沒有機會接觸英文

_____ 5. 「我喜歡的食物很多，例如…」，下面哪一個不可以放進句子
裡？
(A) 運動
(B) 包子
(C) 餅乾
(D) 蛋糕

## (三) 生 詞
shēngcí

| | 生詞 | 漢語拼音 | 文意解釋 |
|---|---|---|---|
| 1 | 履歷 | lǚlì | resume |
| 2 | 興趣 | xìngqù | interest |
| 3 | 成績 | chéngjī | an academic record |
| 4 | 科目 | kēmù | a subject in a curriculum |
| 5 | 大學 | dàxué | college, university |
| 6 | 畢業 | bìyè | to graduate |
| 7 | 擔任 | dānrèn | to hold the post of,to serve as |
| 8 | 練習 | liànxí | to practice |
| 9 | 只要 | zhǐyào | so long as, provided |
| 10 | 機會 | jīhuì | chance, opportunity |
| 11 | 接觸 | jiēchù | to contact, to touch |
| 12 | 教學 | jiāoxué | to teach |

# 三十六．鬼月 禁忌
## guǐyuè jìnjì

(一)短文
duǎnwén

你怕 鬼嗎？你 相信 世界上 有鬼嗎？每年
nǐ pà guǐ ma nǐ xiāngxìn shìjièshàng yǒu guǐ ma měinián

農曆的七月，是臺灣 的 鬼月。臺灣人 在 鬼月 有
nónglì de qīyuè shì Táiwān de guǐyuè Táiwānrén zài guǐyuè yǒu

很 多「禁忌」。以下 就 介紹 幾個鬼月 的 禁忌：
hěnduō jìnjì yǐxià jiù jièshào jǐge guǐyuè de jìnjì

1.不可以 玩 水，否則 在 海裡 或是 河裡 的
bùkěyǐ wánshuǐ fǒuzé zài hǎilǐ huòshì hélǐ de

「好 兄 弟」，也就是 水裡的「鬼」，會 來 跟 你
hǎoxiōngdì yějiùshì shuǐlǐ de guǐ huì lái gēn nǐ

一起 玩，你就 容易 因此發生 危險。
yìqǐ wán nǐ jiù róngyì yīncǐ fāshēng wéixiǎn

2.不可以在 晚上 的 時候 用 照 相機，否則
bùkěyǐ zài wǎnshàng de shíhòu yòng zhàoxiàngjī fǒuzé

「好 兄 弟」容易 出現 在 你的 照 片裡。
hǎoxiōngdì róngyì chūxiàn zài nǐ de zhàopiànlǐ

3.不要 隨便 靠在 牆 上 或是 站在 大樹下，
búyào suíbiàn kàozài qiángshàng huòshì zhànzài dàshùxià

因為「好 兄弟」沒事 的 時候，最喜歡 在 牆 上
yīnwèi hǎoxiōngdì méishì de shíhòu zuìxǐhuān zài qiángshàng

或是 大樹下 休息。
huòshì dàshùxià xiūxí

4. 在 郊外 如果 好像 聽到 有人 在 叫 你的
zài jiāowài rúguǒ hǎoxiàng tīngdào yǒurén zài jiào nǐ de

名字，不可以 回頭，因為 可能 是「好 兄 弟」們
míngzi bùkěyǐ huítóu yīnwè kěnéng shì hǎoxiōngdì men

在 叫你。
zài jiàonǐ

5. 晚 上 在 郊外的 時候 也 不要 隨便 叫 別人 的
wǎnshàng zài jiāowài de shíhòu yě búyào suíbiàn jiào biérén de

名字。無論是 回頭 或是 隨便 叫 別人的 名字，
míngzi wúlùn shì huítóu huòshì suíbiàn jiào biérén de míngzi

都 可能 會 發生 不好 的 事 情。看完了 這些
dōu kěnéng huì fāshēng bùhǎo de shìqíng kànwánle zhèxiē

禁忌 以後，你 相 信 嗎？
jìnjì yǐhòu nǐ xiāngxin ma

(二)問題
wèntí

_____ 1. 什麼是「禁忌」？
(A) 不可以做的事情
(B) 別人的名字
(C) 水裡的鬼
(D) 以上都不對

　　　　　　　2. 「好兄弟」是什麼？
　　　　　　　　(A) 好的哥哥和好的弟弟
　　　　　　　　(B) 很好的朋友
　　　　　　　　(C) 鬼
　　　　　　　　(D) 爸爸的弟弟

　　　　　　　3. 「無論」這個詞可以放在哪個□□裡面？
　　　　　　　　(A) □□你不喜歡我，我現在就可以離開。
　　　　　　　　(B) □□我太晚離開家裡，所以我沒坐到八點的公車。
　　　　　　　　(C) □□天天運動，你會很健康。
　　　　　　　　(D) □□是蘋果或是西瓜，我都喜歡吃。

　　　　　　　4. 「鬼」可能比較不喜歡哪個地方？
　　　　　　　　(A) 大樹下
　　　　　　　　(B) 太陽下
　　　　　　　　(C) 海裡
　　　　　　　　(D) 牆上

　　　　　　　5. 哪一個是錯的？
　　　　　　　　(A) 「鬼月禁忌」的意思就是「在鬼月不可以做的事情」
　　　　　　　　(B) 每年農曆的七月，是臺灣的鬼月
　　　　　　　　(C) 「好兄弟」最喜歡在牆壁上或是大樹下休息
　　　　　　　　(D) 晚上在郊外可以叫別人的名字，但是不可以回頭

## (三)生　詞
shēngcí

| | 生詞 | 漢語拼音 | 文意解釋 |
|---|---|---|---|
| 1 | 鬼月 | guǐyuè | the Ghost Month |
| 2 | 禁忌 | jìnjì | taboo |
| 3 | 農曆 | nónglì | lunar calendar, the traditional Chinese calendar |

| | 生詞 | 漢語拼音 | 文意解釋 |
|---|---|---|---|
| 4 | 臺灣 | Táiwān | The Republic of China (ROC), commonly known as Taiwan, is a sovereign state located in East Asia |
| 5 | 鬼 | guǐ | ghost |
| 6 | 以下 | yǐxià | the following, hereafter |
| 7 | 好兄弟 | hǎoxiōngdì | In Taiwan, ghosts without descendants to care for them are euphemistically called "Good Brethren." |
| 8 | 因此 | yīncǐ | therefore, consequently |
| 9 | 否則 | fǒuzé | otherwise, if not, or else |
| 10 | 靠 | kào | depend, rely on |
| 11 | 回頭 | huítóu | turn one's head, turn round |

# 三十七. 貓頭鷹蹲
māotóuyīng dūn

(一)短 文
duǎnwén

很多人 都 喜歡 上 網，因爲 網路上
hěnduō rén dōu xǐhuān shàngwǎng yīnwèi wǎnglùshàng

常 常 流行著 很多 有趣的 東西。
chángcháng liúxíngzhe hěnduō yǒuqù de dōngxi

最近， 網路上 開始 流行 一種「貓頭鷹
zuìjìn wǎnglùshàng kāishǐ liúxíng yìzhǒng māotóuyīng

蹲」（Owling）的 照 片。「貓 頭鷹 蹲」的 意思是
dūn de zhàopiàn māotóuyīng dūn de yìsi shì

蹲在 地上看著 前面 的 照 相 姿勢。因爲這 樣
dūn zài dìshàng kànzhe qiánmiàn de zhàoxiàng zīshì yīnwèi zhèyàng

很 像 貓頭鷹的 樣子，所以 才 叫做「貓頭鷹
hěn xiàng māotóuyīng de yàngzi suǒyǐ cái jiàozuò māotóuyīng

蹲」。
dūn

「貓 頭鷹 蹲」的 動作 比較 簡單，所以 容易
māotóuyīng dūn de dòngzuò bǐjiào jiǎndān suǒyǐ róngyì

學習，很 多人就 在 意想 不到的 地方拍照。蹲 的
xuéxí hěnduō rén jiù zài yìxiǎngbúdào de dìfāng pāizhào dūn de

地方 除了 地上 以外，還有 很多 特別 的 地方。
dìfāng chúle dìshàng yǐwài háiyǒu hěnduō tèbié de dìfāng

像是　有的人會　蹲在
xiàngshì　yǒuderén　huì　dūn　zài

家裡的　冰箱　上、或是
jiālǐ　de bīngxiāngshàng　huò shì

紅綠燈　上，甚至是
hónglǜdēngshàng　shènzhì　shì

公　園裡的　雕像　上。
gōngyuánlǐ　de　diāoxiàngshàng

任何你　想得到　的地方，
rènhé nǐ　xiǎngdedào de　dìfāng

都　可能是　拍照　的
dōu　kěnéng　shì　pāizhào　de

地點。
dìdiǎn

當你走在路上　的時候，如果看到　有人蹲
dāng nǐ zǒu zài lùshàng de shíhòu　rúguǒ kàndào yǒu rén dūn

在　地上　什麼　都不做，不用　覺得　驚訝，因為
zài　dìshàng　shéme　dōu búzuò　búyòng　juéde　jīngyà　yīnwèi

他可能　正在　做「貓頭鷹　蹲」！
tā kěnéng　zhèngzài zuò　māotóuyīng dūn

## (二)問題 wèntí

———— 1. 會叫做「貓頭鷹蹲」，是因爲貓頭鷹的？
　　　(A) 聲音
　　　(B) 樣子
　　　(C) 大小
　　　(D) 顏色

———— 2. 哪個地方最可能是「貓頭鷹蹲」拍照的地方？
　　　(A) 桌子
　　　(B) 汽車
　　　(C) 電視機
　　　(D) 都有可能

———— 3. 哪一個是對的？
　　　(A) 「貓頭鷹蹲」已經流行很久了
　　　(B) 「貓頭鷹蹲」的地方只能在桌子上
　　　(C) 「貓頭鷹蹲」的動作很簡單
　　　(D) 很多人都不喜歡上網，因爲太無聊了

———— 4. 「意想不到」的意思是？
　　　(A) 忘記了
　　　(B) 很想念
　　　(C) 想很久
　　　(D) 想不到

———— 5. 「甚至」不可以放進下面哪一個句子？
　　　(A) 他不把房間打掃乾淨，而且還弄得更亂，□□太讓人生氣了。
　　　(B) 大同很愛乾淨，□□是地上的一根頭髮，他也要打掃乾淨。
　　　(C) 晚上太安靜了，□□連走路的聲音都聽得見。
　　　(D) 這次的考試太難了，大家都考不好，□□還有人拿到零分。

## ㈢生 詞
shēngcí

| | 生詞 | 漢語拼音 | 文意解釋 |
|---|---|---|---|
| 1 | 網路 | wǎnglù | network, internet |
| 2 | 流行 | liúxíng | to be in fashion |
| 3 | 蹲 | dūn | to squat |
| 4 | 照相 | zhàoxiàng | to take a picture |
| 5 | 姿勢 | zīshì | gesture,pose |
| 6 | 貓頭鷹 | māotóuyīng | an owl |
| 7 | 動作 | dòngzuò | movement,action |
| 8 | 意想不到 | yìxiǎngbúdào | unexpected |
| 9 | 除了 | chúle | besides, except for |
| 10 | 以外 | yǐwài | beyond, outside, other than, except |
| 11 | 甚至 | shènzhì | even |
| 12 | 雕像 | diāoxiàng | carved figure, statue |
| 13 | 任何 | rènhé | any,whatever |
| 14 | 地點 | dìdiǎn | place,site |
| 15 | 驚訝 | jīngyà | surprised,astonished |

# 三十八．臺灣 小孩 學 英文
## Táiwān xiǎohái xué yīngwén

㈠短文
duǎnwén

你學 中 文 多久了呢？關於 學習 語言，有
nǐ xué zhōngwén duōjiǔ le ne guānyú xuéxí yǔyán yǒu

一個 有趣 的 小 故事。
yíge yǒuqù de xiǎogùshì

從 前，有 一個 爸爸 想要 讓 他的 兒子學會
cóngqián yǒu yíge bàba xiǎngyào ràng tā de érzi xuéhuì

英文。於是，他 找了一位 美國 的 老師來 教他。
yīngwén yúshì tā zhǎole yíwèi Měiguó de lǎoshī lái jiāo tā

老師 天天 教他的 兒子 說 英文，但是 下課
lǎoshī tiāntiān jiào tā de érzi shuō yīngwén dànshì xiàkè

之後，所有 的 人 都 還是 跟 小孩 說 中文，
zhīhòu suǒyǒu de rén dōu háishì gēn xiǎohái shuō zhōngwén

所以 他 一直 無法 學 得 很好。
suǒyǐ tā yìzhí wúfǎ xué de hěnhǎo

雖然 這個人天天 都打他的兒子，希望他 能
suīrán zhèige rén tiāntiān dōu dǎ tā de érzi xīwàng tā néng

學 得 好，但是 一點 都 沒有 用。
xué de hǎo dànshì yìdiǎn dōu méiyǒu yòng

後來，這個 人 把 他的 兒子帶到美 國，他很快
hòulái zhèige rén bǎ tā de érzi dàidào Měiguó tā hěnkuài

就 學會了 英文。這個 時候 如果 要求 他 說
jiù xuéhuìle yīngwén zhèige shíhòu rúguǒ yāoqiú tā shuō

中文，反而 就 沒 那麼 簡單 了。
zhōngwén fǎnér jiù méi nàme jiǎndān le

這個 故事 的 意思 是 指 環境 對 一個 人 的
zhèige gùshì de yìsi shì zhǐ huánjìng duì yíge rén de

影響 很大，如果 我們 想要 學會 一種 語言，
yǐngxiǎng hěndà rúguǒ wǒmen xiǎngyào xuéhuì yìzhǒng yǔyán

最 好 的 方法 就是 生活 在 使用 那個 語言 的
zuì hǎo de fāngfǎ jiùshì shēnghuó zài shǐyòng nàge yǔyán de

環境 中。
huánjìng zhōng

## (二)問題
wèntí

_____ 1. 爲什麼小孩剛開始英文學得不好？

　　　　(A) 老師教得不好

　　　　(B) 沒有人跟他說話

　　　　(C) 大家一直跟他說中文

　　　　(D) 小孩不努力學習

_____ 2. 爲什麼小孩到了美國之後，很快就會說英文了？

　　　　(A) 爸爸一直打他

　　　　(B) 美國的老師比較好

　　　　(C) 他忘記怎麼說中文了

　　　　(D) 很多時候可以說英文

———— 3. 短文告訴我們，如果學習新東西，什麼是最重要的？
　　　(A) 國家
　　　(B) 環境
　　　(C) 爸爸
　　　(D) 老師

———— 4. 哪一個是對的？
　　　(A) 小孩最後英文學得好，是因為老師的關係
　　　(B) 因為爸爸打了小孩，所以小孩的英文才變好
　　　(C) 爸爸幫小孩找了一位臺灣的老師
　　　(D) 因為爸爸帶小孩到美國，所以小孩的英文變好了

———— 5. 「反而」可以填放進下面哪一個句子裡？
　　　(A) 如果生病不好好休息，病不但不會好，□□還會變得更不好。
　　　(B) 雖然這件衣服很舊了，□□還是很好穿。
　　　(C) 半年不見，你不但長高，□□還變胖了。
　　　(D) 為了明天的考試，我今天晚上□□要努力唸書。

## (三) 生 詞
shēngcí

| | 生詞 | 漢語拼音 | 文意解釋 |
|---|---|---|---|
| 1 | 關於 | guānyú | about,with regard to |
| 2 | 美國 | Měiguó | the United States of America (U.S.A.) |
| 3 | 無法 | wúfǎ | unable,incapable |
| 4 | 打 | dǎ | to hit |
| 5 | 要求 | yāoqiú | requests,demands |
| 6 | 反而 | fǎnér | on the contrary,instead |
| 7 | 環境 | huánjìng | environment |
| 8 | 影響 | yǐngxiǎng | influence,effect |
| 9 | 生活 | shēnghuó | to live,to dwell in |
| 10 | 使用 | shǐyòng | to use,to put to use |
| 11 | 練習 | liànxí | to practice |
| 12 | 進步 | jìnbù | to make progress |

# 三十九·三人 成虎
## sān rén chéng hǔ

龐 恭 是 中 國 戰 國 時代 魏 國 的 大 臣。
Pánggōng shì　Zhōngguó　Zhànguóshídài　Wèiguó　de　dàchén

有一天，魏 王 要 求 他 跟 魏 王 的 兒子 到
yǒuyìtiān　Wèiwáng　yāoqiú　tā　gēn　Wèiwáng　de　érzi　dào

趙 國 去 生 活。
Zhàoguó　qù　shēnghuó

龐 恭 要 離開 以 前，問 魏 王 說：「如 果 有
Pánggōng yào líkāi yǐqián　wèn Wèiwáng　shuō　rúguǒ yǒu

一 個 人 告 訴 您：路 上 有 一 隻 老 虎，您 會 相 信
yíge rén　gàosù nín　lùshàng　yǒu yìzhī lǎohǔ　nín huì xiāngxìn

嗎？」
ma

魏 王 說：「不 會。」龐 恭 又 問：「如 果 有
Wèiwáng shuō　búhuì　Pánggōng yòu wèn　rúguǒ yǒu

第二 個 人 告 訴 您，路 上 有 一 隻 老 虎，您 會 相
dièr ge rén gàosù nín　lùshàng　yǒu yìzhī lǎohǔ　nín huì xiāng

信 嗎？」
xìn ma

魏 王 說：「我 會 半 信 半 疑。」龐 恭 又 再
Wèiwáng shuō　wǒ huì bàn xìn bàn yí　Pánggōng yòu zài

問：「如果有第三個人跑來告訴您，路上有
wèn　　 rúguǒ yǒu dìsān　 ge rén pǎolái gàosù nín lùshàng yǒu

一隻老虎，您會相信嗎？」
yìzhī　 lǎohǔ　 nín huì　 xiāngxìn ma

魏王回答：「我想我會相信。」龐恭
Wèiwáng huídá　　 wǒ xiǎng wǒ huì xiāngxìn　 Pánggōng

說：「大家都知道，路上這麼熱鬧的地方，
shuō　　 dàjiā dōu zhīdào　 lùshàng zhème rènào de dìfāng

不可能會有老虎。可是如果有三個人都
bù kěnéng huì yǒu lǎohǔ　 kěshì rúguǒ yǒu sānge rén dōu

告訴您路上有老虎，您就會相信了。
gàosù nín lùshàng　 yǒu lǎohǔ　 nín jiùhuì xiāngxìn le

我現在要到趙國去，如果有人在我不在
wǒ xiànzài yào dào Zhàoguó qù　 rúguǒ yǒu rén zài wǒ búzài

的時候，跟您說我的壞話，希望您千萬
de shíhòu　 gēn nín shuō wǒ de huàihuà　 xīwàng nín qiānwàn

不要相信。」
búyào　 xiāngxìn

這就是成語「三人成虎」的故事。
zhè jiùshì chéngyǔ　 sān rén chéng hǔ　 de gùshì

意思是：雖然是假的事情，可是如果被大家一說
yìsi shì　 suīrán shì jiǎ de shìqíng　 kěshì rúguǒ bèi dàjiā yì Shuō

再說，別人也會相信那是真的。
zài shuō　 biérén yě huì　 xiāngxìn nà shì zhēn de

135

## (二)問題
wèntí

_____ 1. 為什麼魏王第一個問題回答：「不會」？
(A) 因為只有一個人說路上有老虎
(B) 因為魏王看到路上沒有老虎
(C) 因為魏王不相信別人
(D) 因為魏王只相信龐恭說的話

_____ 2. 為什麼龐恭要問魏王三次同樣的問題？
(A) 希望自己離開後，魏王能相信自己
(B) 希望魏王不要說他的壞話
(C) 希望魏王知道路上有老虎
(D) 希望魏王知道他不想去趙國

_____ 3. 哪個句子用的「可是」是對的？
(A) 雖然你喜歡運動，「可是」你可以去打籃球。
(B) 雖然我太晚起床，「可是」我今天上班沒有遲到。
(C) 「可是」我喜歡吃蘋果，還喜歡吃西瓜。
(D) 「可是」我喜歡英文，我也喜歡寫英文字。

_____ 4. 哪一個是對的？
(A) 魏王要跟兒子去趙國
(B) 如果有一個人說路上有老虎，魏王會相信
(C) 魏王不會相信路上有老虎
(D) 龐恭是魏國的大臣

——— 5. 哪個有「三人成虎」的句子是不對的？

(A) 王小姐沒有結婚。可是那時候很多人告訴我她結婚了，所以「三人成虎」，我相信王小姐結婚了。

(B) 林老師家有三個孩子。每次有客人來的時候，三個孩子就會「三人成虎」地歡迎客人。

(C) 我不相信教室會有一隻狗，但是「三人成虎」，大家都這麼說，我就相信了。

(D) 以上都對

## (三) 生 詞
### shēngcí

| | 生詞詞 | 漢語拼音 | 文意解釋 |
|---|---|---|---|
| 1 | 戰國時代 | Zhànguóshídài | the segnoku periodsegnoku period, the warring states period |
| 2 | 魏國 | Wèiguó | The State of Wei was a Zhou Dynasty vassal state during the Warring States Period (475–221 BC) of Chinese history. |
| 3 | 大臣 | dàchén | minister |
| 4 | 魏王 | Wèiwáng | the king of Wei |
| 5 | 要求 | yāoqiú | to ask, to request, to demand |
| 6 | 趙國 | Zhàoguó | Zhao was a significant Chinese state during the Warring States Period, along with six others. |
| 7 | 老虎 | lǎohǔ | tiger |
| 8 | 半信半疑 | bàn xìn bàn yí | between believing and suspicion |
| 9 | 壞話 | huàihuà | malicious gossip |
| 10 | 千萬 | qiānwàn | do not get, absolutely |
| 11 | 成語 | chéngyǔ | set phrase, idiomatic phrases |
| 12 | 三人成虎 | sān rén chéng hǔ | Three people spreading reports of a tiger makes you believe there is one around, A lie, if repeated often enough, will be accepted as truth. |

# 四十. 嫦娥奔月
## Chángé bēn yuè

**(一)短文 duǎnwén**

從前，天上有十個太陽，這十個太陽
cóngqián tiānshàng yǒu shíge tàiyáng zhè shíge tàiyáng

都是天神的兒子。本來一天只能出現一個
dōushì tiānshén de érzi běnlái yìtiān zhǐnéng chūxiàn yíge

太陽，但是他們很頑皮，決定十個太陽
tàiyáng dànshì tāmen hěn wánpí juédìng shíge tàiyáng

一起出現。
yìqǐ chūxiàn

因為十個太陽一起出現，所以溫度變得
yīnwèi shíge tàiyáng yìqǐ chūxiàn suǒyǐ wēndù biànde

很高，河都乾了，到處都發生火災。很多人
hěn gāo hé dōu gān le dàochù dōu fāshēng huǒzāi hěnduō rén

生活得很辛苦，所以找了后羿來幫忙。后
shēnghuóde hěn xīnkǔ suǒyǐ zhǎole Hòuyì lái bāngmáng Hòu

羿射箭的技術很好，他射下了九個太陽，大家
yì shèjiàn de jìshù hěnhǎo tā shèxiàle jiǔge tàiyáng dàjiā

終於又可以過著正常的日子了。
zhōngyú yòu kěyǐ guòzhe zhèngcháng de rìzi le

天帝知道了這件事情很生氣，於是他
tiāndì zhīdàole zhè jiàn shìqíng hěn shēngqì yúshì tā

把 后羿 和 他 的 妻子 嫦娥 送 到 人間。后羿 不
bǎ Hòuyì hé tā de qīzǐ Chángé sòngdào rénjiān Hòuyì bù

想 像 凡人 一樣 會 慢慢 變 老，於是 他 向 另
xiǎng xiàng fánrén yíyàng huì mànmàn biàn lǎo yúshì tā xiàng lìng

一個 神 仙 求了 仙藥。這 種 仙藥 吃了 就 可以
yíge shénxiān qiúle xiānyào zhèzhǒng xiānyào chīle jiù kěyǐ

永 遠 年輕，不會 變老，但是 后羿 捨 不 得 留
yǒngyuǎn niánqīng búhuì biànlǎo dànshì Hòuyì shěbùdé liú

下 嫦娥 一個人，所以 讓 嫦娥 把 藥 收 起來。
xià Chángé yíge rén suǒyǐ ràng Chángé bǎ yào shōuqǐlái

嫦 娥 心裡 想：「仙 藥 只 有 一顆，我 和 后 羿 一
Chángé xīnlǐ xiǎng xiānyào zhǐ yǒu yìkē wǒ hé Hòuyì yì

人 吃 一半 可以 永遠
rén chī yíbàn kěyǐ yǒngyuǎn

年 輕，不知道 全部 吃掉
niánqīng bù zhīdào quánbù chīdiào

可 不可以 重 新 當 神仙
kě bù kěyǐ chóngxīn dāng shénxiān

呢？」於是 她 偷 偷 地
ne yú shì tā tōutōu de

把 藥 都 吃 光 了，後 來
bǎ yào dōu chīguāngle hòulái

她 就 飛 到 月 亮 上，
tā jiù fēidào yuèliàngshàng

永 遠 留 在 那裡 了。
yǒngyuǎn liú zài nàlǐ le

## (二)問題
wèntí

_____ 1. 爲什麼那時候溫度變得很高，到處都是火災？
　　　(A) 壞人到處放火
　　　(B) 天上沒有太陽
　　　(C) 天上太多太陽了
　　　(D) 夏天太長了

_____ 2. 爲什麼后羿想要得到仙藥？
　　　(A) 他想要把太陽射下來
　　　(B) 他不想變老
　　　(C) 他想要變成天帝
　　　(D) 他想要送給嫦娥當禮物

_____ 3. 哪一個是對的？
　　　(A) 天帝很高興，因爲后羿幫了人類的忙
　　　(B) 仙藥全部有兩顆
　　　(C) 后羿射下了八個太陽
　　　(D) 最後嫦娥一個人飛到月亮上了

_____ 4. 「大同是班上最高的學生，小明希望能像大同一樣高」，哪個
是對的？
　　　(A) 小明比大同矮
　　　(B) 班上還有人比大同高
　　　(C) 小明比大同高
　　　(D) 小明不喜歡大同的身高

_____ 5. a. 日子過太□了，沒想到一年就這樣過去了
　　　b. 這件衣服太□了，我穿不下，請幫我再換一件
　　　c. 夏天到了，外面的溫度總是很□
　　　d. 這碗飯太□了，我吃不下
　　　(A) a.慢，b.大，c.低，d.多
　　　(B) a.快，b.小，c.高，d.多
　　　(C) a.慢，b.大，c.低，d.少
　　　(D) a.快，b.小，c.高，d.少

## (三)生 詞
### shēngcí

|   | 生詞 | 漢語拼音 | 文意解釋 |
|---|------|---------|---------|
| 1 | 天神 | tiānshén | gods |
| 2 | 頑皮 | wánpí | mischievous,naughty |
| 3 | 溫度 | wēndù | temperature |
| 4 | 乾 | gān | to drain till empty, dry |
| 5 | 火災 | huǒzāi | fire (as a disaster), conflagration |
| 6 | 射箭 | shèjiàn | archery |
| 7 | 技術 | jìshù | technique |
| 8 | 妻子 | qīzǐ | wife |
| 9 | 人間 | rénjiān | the world,the world of mortals |
| 10 | 凡人 | fánrén | an ordinary person,a man of mould |
| 11 | 神仙 | shénxiān | immortal |
| 12 | 仙藥 | xiānyào | legendary magic potion of immortals |
| 13 | 捨不得 | shěbùdé | hate to part with,reluctant to let go |
| 14 | 重新 | chóngxīn | again,anew,afresh |

# 四十一. 問候 信
## wènhòu xìn

**(一) 短 文**
duǎnwén

楊 老 師：
Yáng lǎoshī

　　我 到 臺灣 已經 兩個月 了，所有 的 事
wǒ dào Táiwān yǐjīng liǎngge yuè le suǒyǒu de shì

情 都 很 好。
qíng dōu hěn hǎo

　　我 在 大學 裡 學習 中 文，老師 和 同 學
wǒ zài dàxué lǐ xuéxí zhōngwén lǎoshī hé tóngxué

人 都 很 好，大家 都 很 照 顧 我。我 的 室 友
rén dōu hěn hǎo dàjiā dōu hěn zhàogù wǒ wǒ de shìyǒu

是 日本 人，他 學 了 五 年 的 中 文，常 常
shì Rìběn rén tā xuéle wǔnián de zhōngwén chángcháng

教 我 很 多 不 懂 的 地 方，所以 我 的 中
jiāo wǒ hěn duō bù dǒng de dìfāng suǒyǐ wǒ de zhōng

文 進 步 得 很 快。
wén jìnbùde hěn kuài

　　下 課 之 後，我 們 常 常 一 起 去 看
xiàkè zhī hòu wǒmen chángcháng yìqǐ qù kàn

電影、運動 和 逛 夜市。夜市裡 有 很多
diànyǐng yùndòng hé guàng yèshì yèshìlǐ yǒu hěnduō

美 味 的 小 吃，所以 我 胖了八 公斤，如果
měiwèi de xiǎochī suǒyǐ wǒ pàngle bā gōngjīn rúguǒ

你 們 看 到 我 現在 的 模樣，應該 認 不 出
nǐmen kàn dào wǒ xiànzài de móyàng yīnggāi rèn bùchū

我 了 吧！
wǒ le ba

同 學 都 還 好 嗎？再 過 三 個月，這 裡
tóngxué dōu háihǎo ma zài guò sānge yuè zhèlǐ

的學 習 就 要 结 束 了，希 望 能 快 點 見 到
de xuéxí jiù yào jiéshù le xīwàng néng kuàidiǎn jiàn dào

你 們。
nǐmen

建 華
Jiànhuá

## (二)問題
wèntí

_____ 1. 建華一共在臺灣留多久？

　　(A) 兩個月

　　(B) 三個月

　　(C) 四個月

　　(D) 五個月

_____ 2. 建華到臺灣是因為什麼？

　　(A) 看電影

　　(B) 學習語言

　　(C) 做運動

　　(D) 交朋友

_____ 3. 下面哪一個不是建華和室友下課後常去的地方？

　　(A) 郵局

　　(B) 體育館

　　(C) 夜市

　　(D) 電影院

_____ 4. 下面哪一句「應該」的意思和「應該認不出我了吧」是一樣的？

　　(A) 你應該把作業寫完再出去玩。

　　(B) 你真不應該這麼做。

　　(C) 明天應該會下雨，記得帶把傘。

　　(D) 他這麼努力，得到第一名是應該的。

_____ 5. 下面哪一個是錯的？

　　(A) 老師和同學都對建華很好

　　(B) 建華不喜歡夜市的食物

　　(C) 建華室友的中文很好

　　(D) 建華希望能快點回家

## ㈢ 生 詞
shēngcí

| | 生詞 | 漢語拼音 | 文意解釋 |
|---|---|---|---|
| 1 | 問候 | wènhòu | send one's respects,greetings |
| 2 | 大學 | dàxué | a college,a university |
| 3 | 照顧 | zhàogù | to care for,to take care of |
| 4 | 室友 | shìyǒu | room-mate |
| 5 | 日本人 | Rìběn rén | Japanese |
| 6 | 進步 | jìnbù | to make progress,to gain ground |
| 7 | 電影 | diànyǐng | a movie,a film,a motion picture |
| 8 | 運動 | yùndòng | to exercise |
| 9 | 夜市 | yèshì | night market |
| 10 | 美味 | měiwèi | delicious,tasty |
| 11 | 小吃 | xiǎochī | a snack,a light repast |
| 12 | 胖 | pàng | obese,fat |
| 13 | 模樣 | móyàng | a person's appearance(s) or looks |
| 14 | 認不出 | rènbùchū | not able to recognize |
| 15 | 結束 | jiéshù | to end, close, conclude |

# 四十二・十二生肖
## shíèrshēngxiào

### (一) 短文 duǎnwén

「十二生肖」是中國傳統的記年方
shíèrshēngxiào shì Zhōngguó chuántǒng de jì nián fāng

式，意思是用十二種不同的動物來記錄年
shì yìsi shì yòng shíèrzhǒng bùtóng de dòngwù lái jìlù nián

分，這十二種動物是：鼠、牛、虎、兔、龍、
fèn zhè shíèr zhǒng dòngwù shì shǔ niú hǔ tù lóng

蛇、馬、羊、猴、雞、狗、豬。
shé mǎ yáng hóu jī gǒu zhū

你知道為什麼在十二生肖中沒有
nǐ zhīdào wèishéme zài shíèrshēngxiào zhōng méiyǒu

貓，而老鼠是第一名嗎？
māo ér lǎoshǔ shì dìyī míng ma

很久以前，有一天，玉皇大帝決定要舉辦
hěnjiǔ yǐqián yǒu yìtiān Yùhuáng dàdì juédìng yào jǔbàn

一場過河比賽，先到終點的動物就可以
yìchǎng guòhé bǐsài xiāndào zhōngdiǎn de dòngwù jiù kěyǐ

被選為十二生肖。
bèi xuǎn wéi shíèrshēngxiào

那個時候，老鼠和貓還是好朋友，在比
nàge shíhòu lǎoshǔ hé māo háishì hǎo péngyǒu zài bǐ

賽 的 前 一 天，他 們 討 論 過 河 的 方 法，貓 說：
sài de qián yìtiān tāmen tǎolùn guòhé de fāngfǎ māo shuō

「我 們 可 以 請 會 游 泳 的 牛 背 我 們 過 去，他
wǒmen kěyǐ qǐng huì yóuyǒng de niú bēi wǒmen guòqù tā

這 麼 善 良，一 定 會 幫 助 我 們 的。」
zhème shànliáng yídìng huì bāngzhù wǒmen de

第 二 天 當 牛 背 著 老 鼠 和 貓，快 到 終
dìèr tiān dāng niú bēizhe lǎoshǔ hé māo kuài dào zhōng

點 的 時 候，奸 詐 的 老 鼠 就 把 貓 推 進 河 裡，
diǎn de shíhòu jiānzhà de lǎoshǔ jiù bǎ māo tuījìn hélǐ

自 己 從 牛 的 頭 上 往 前 一 跳，反 而 得 到 了
zìjǐ cóng niú de tóushàng wǎngqián yí tiào fǎnér dédàole

比 賽 的 第 一 名。從 此，貓 一 看 見 老 鼠 就 特
bǐsài de dìyīmíng cóngcǐ māo yíkànjiàn lǎoshǔ jiù tè

別 生 氣，老 鼠 一 見 到 貓 也 要 跑，從 那 個
bié shēngqì lǎoshǔ yí jiàndào māo yěyào pǎo cóng nàge

時 候 開 始 就 變 成 仇 人 了。
shíhòu kāishǐ jiù biànchéng chóurén le

鼠
shǔ

牛
niú

虎
hǔ

兔
tù

龍
lóng

蛇
shé

馬
mǎ

羊
yáng

猴
hóu

雞
jī

狗
gǒu

豬
zhū

## (二)問題
wèntí

_____ 1. 2011年是兔年，請問2013年是？
   (A) 牛年
   (B) 龍年
   (C) 蛇年
   (D) 虎年

_____ 2. 「十二生肖」是用來記錄？
   (A) 月
   (B) 年
   (C) 日
   (D) 星期

_____ 3. 為什麼貓這麼討厭老鼠？
   (A) 因為老鼠太奸詐了
   (B) 老鼠跑太快，貓追不上
   (C) 牛不想背貓渡河
   (D) 貓不想讓老鼠得到第一名

_____ 4. 下面哪一句的「反而」是對的？
   (A) 他每天努力唸書，這次考試「反而」得到了第一名。
   (B) 今天天氣這麼好，「反而」要出去玩。
   (C) 休息了三天，他的病「反而」好了。
   (D) 雖然失敗了，但她並不難過，「反而」更努力。

_____ 5. 下面哪一句的「特別」和「貓一看見老鼠就特別生氣」是一樣的？
   (A) 今天是一個特別的日子。
   (B) 這本書很特別，你一定要看看。
   (C) 我的頭今天痛得特別厲害。
   (D) 有什麼特別的事發生嗎？

## (三)生 詞
shēngcí

| | 生詞 | 漢語拼音 | 文意解釋 |
|---|---|---|---|
| 1 | 十二生肖 | shíèrshēngxiào | Chinese Zodiac |
| 2 | 傳統 | chuántǒng | traditional |
| 3 | 方式 | fāngshì | a way,a manner |
| 4 | 紀錄 | jìlù | record |
| 5 | 年份 | niánfèn | particular year |
| 6 | 鼠 | shǔ | mouse,rat |
| 7 | 牛 | niú | cattle |
| 8 | 虎 | hǔ | tiger |
| 9 | 兔 | tù | rabbit |
| 10 | 龍 | lóng | dragon |
| 11 | 蛇 | shé | snake |
| 12 | 猴 | hóu | monkey |
| 13 | 雞 | jī | chicken |
| 14 | 玉皇大帝 | Yùhuáng dàdì | the Jade Emperor (the Supreme Deity of Taoism) |
| 15 | 舉辦 | jǔbàn | to hold |
| 16 | 終點 | zhōngdiǎn | a terminal point,a destination |
| 17 | 游泳 | yóuyǒng | to swim |
| 18 | 善良 | shànliáng | good and honest,kindhearted,gentle |
| 19 | 奸詐 | jiānzhà | crafty,treacherous,cunning |
| 20 | 反而 | fǎnér | on the contrary,instead |
| 21 | 仇人 | chóurén | enemy |

# 四十三．世界 麵包　冠軍─吳 寶 春
shìjiè　miànbāo guànjūn　Wú　bǎochūn

(一)短 文
duǎnwén

你喜歡 吃 麵包 嗎?如果 你喜歡 吃麵包，
nǐ　xǐhuān　chī　miànbāo ma　　rúguǒ　nǐ　xǐhuān　chī miànbāo

那你一定 不能 不知道 吳 寶 春。他是 臺灣
nà　nǐ yídìng　bùnéng　bùzhīdào　Wú　bǎochūn　　tā　shì　Táiwān

一位 很有 名 的 麵包 師傅，他打敗了 十六個
yíwèi　hěn yǒumíng　de miànbāo　shīfù　　tā　dǎbàile　　shíliùge

國家三十二位 選 手，得到了世界 麵 包 比賽
guójiā　sānshíèrwèi　xuǎnshǒu　dédàole　shìjiè　miànbāo　bǐsài

的 冠 軍。
de　guànjūn

　　吳 寶春 的爸爸 過 世 得 很 早，他從小 和
Wú bǎochūn　de　bàba　guòshì　de　hěnzǎo　tā cóngxiǎo　hé

媽 媽一起 生活。家裡沒有 很多 錢，他的媽 媽
māma　yìqǐ　shēnghuó　jiālǐ méiyǒu　hěnduō qián　tā de māma

必須 努力工作 來 養 八個 孩子 長 大。
bìxū　　nǔlì　gōngzuò lái yǎng　bāge　háizi　zhǎngdà

　　吳 寶春 因為要 減 輕 家裡的 負擔，所以
Wú bǎochūn　yīnwèi　yào　jiǎnqīng　jiālǐ de　fùdān　suǒyǐ

十六歲 就 離開 家裡到 麵包 店 工 作。
shíliùsuì　jiù　líkāi　jiālǐ dào miànbāo diàn gōngzuò

吳寶春靠著他的麵包拿到了2010年樂斯
Wú bǎochūn kàozhe tā de miànbāo nádàole nián lèsī

福盃（Coupe Louise Lesaffre）麵包比賽的冠軍。
fú bēi miànbāo bǐsài de guànjūn

他常常說「世界有多大，希望就有多大」。
tā chángcháng shuō shìjiè yǒu duōdà xīwàng jiù yǒu duōdà

他把自己變得像個空瓶子，不停的學習。
tā bǎ zìjǐ biànde xiàng ge kōng píngzi bùtíng de xuéxí

他還認爲自己一點天分都沒有，所以必須
tā hái rènwéi zìjǐ yìdiǎn tiānfèn dōu méiyǒu suǒyǐ bìxū

要比別人更努力，而且在努力的時候，他才
yào bǐ biérén gèng nǔlì érqiě zài nǔlì de shíhòu tā cái

發現人的潛力原來這麼大。每個人都有
fāxiàn rén de qiánlì yuánlái zhème dà měigerén dōu yǒu

無限的可能，所以一定不能小看自己！
wúxiàn de kěnéng suǒyǐ yídìng bùnéng xiǎokàn zìjǐ

## (二)問題
wèntí

_____ 1. 看完上面的短文，吳寶春是一個怎樣的人？
　　(A) 運氣很好的人
　　(B) 害怕辛苦的人
　　(C) 有天分又努力學習的人
　　(D) 努力學習的人

──── 2. 哪一個是對的？
    (A) 吳寶春二十歲之後才到麵包店賺錢
    (B) 吳寶春不認為自己很聰明
    (C) 吳寶春沒有兄弟姊妹
    (D) 吳寶春在麵包比賽中得到了第二名

──── 3. 吳寶春把自己當作是一個「空瓶子」，是什麼意思？
    (A) 空瓶子是他媽媽送的禮物
    (B) 做麵包一定要用到空瓶子
    (C) 空瓶子可以裝進很多東西，就像他不斷地學習一樣
    (D) 他很努力賺錢，而且把賺的錢都放進空瓶子裡

──── 4. 「不能不知道」是什麼意思？
    (A) 不說也應該知道
    (B) 不知道也沒關係
    (C) 一定要知道
    (D) 一定不知道

──── 5. 「一點天分都沒有」是什麼意思？
    (A) 很有天分
    (B) 非常有天分
    (C) 完全沒有天分
    (D) 只有一點天分

## (三) 生 詞
shēngcí

| | 生詞 | 漢語拼音 | 文意解釋 |
|---|---|---|---|
| 1 | 師傅 | shīfù | master worker, tutor of king/emperor, general term of address in late 70s and 80s, address for service workers |
| 2 | 打敗 | dǎbài | to defeat |

| | 生詞 | 漢語拼音 | 文意解釋 |
|---|---|---|---|
| 3 | 選手 | xuǎnshǒu | contestant,competitor |
| 4 | 冠軍 | guànjūn | champion |
| 5 | 過世 | guòshì | to pass away,to die |
| 6 | 養 | yǎng | support,provide for,raise,maintain,give birth to,form,cultivate,rest,recuperate |
| 7 | 減輕 | jiǎnqīng | to lighten,to mitigate, reduce |
| 8 | 負擔 | fùdān | a burden |
| 9 | 學徒 | xuétú | an apprentice, learner |
| 10 | 變 | biàn | become, change into |
| 11 | 空 | kōng | unoccupied,vacant, empty |
| 12 | 天分 | tiānfèn | talent,ability |
| 13 | 潛力 | qiánlì | potential |
| 14 | 無限 | wúxiàn | limitless,boundless |
| 15 | 可能 | kěnéng | possibilities |
| 16 | 小看 | xiǎokàn | underestimate |

# 四十四 . 購物
## gòuwù

(一)短文
duǎnwén

我 的 名 字 叫 做 品 書。我 來 臺 灣 讀 書
wǒ de míngzi jiàozuò Pǐnshū wǒ lái Táiwān dúshū

已 經 三 個 月 了，我 覺 得 臺 灣 是 一 個 買 東 西
yǐjīngsānge yuè le wǒ juéde Táiwān shì yíge mǎi dōngxi

很 方 便 的 地 方，這 讓 喜 歡 逛 街 和 購 物
hěn fāngbiàn de dìfāng zhè ràng xǐhuān guàngjiē hé gòuwù

的 我，非 常 開 心。
de wǒ fēicháng kāixīn

我 家 附 近 有 很 多 商 店，有 書 店、超 市，
wǒ jiā fùjìn yǒu hěnduō shāngdiàn yǒu shūdiàn chāoshì

還 有 百 貨 公 司。下 課 後 我 常 常 和 朋 友
hái yǒu bǎihuògōngsī xiàkè hòu wǒ chángcháng hé péngyǒu

一 起 去 書 店 買 書。有 時 候 我 則 喜 歡 一 個 人
yìqǐ qù shūdiàn mǎi shū yǒu shíhòu wǒ zé xǐhuān yíge rén

去 超 市 買 晚 餐 的 材 料，常 常 一 個 不 小 心，
qù chāoshì mǎi wǎncān de cáiliào chángcháng yíge bùxiǎoxīn

就 拿 著 大 包 小 包 回 家。週 末 的 時 候，我 最
jiù názhe dàbāo xiǎobāo huíjiā zhōumò de shíhòu wǒ zuì

喜 歡 去 逛 百 貨 公 司 了，如 果 碰 到 打 折，
xǐhuān qù guàng bǎihuògōngsī le rúguǒ pèngdào dǎzhé

我 就 會 買 幾 件 漂 亮 的 衣 服。
wǒ jiùhuì mǎi jǐjiàn piàoliàng de yīfú

對了！我 最 喜 歡 逛 的 還有「二 手 市 場」，
duìle wǒ zuì xǐhuān guàng de háiyǒu èrshǒushìchǎng

市 場 裡 常 常 會 賣 很 多 特 別 的 東 西。
shìchǎng lǐ chángcháng huì mài hěnduō tèbié de dōngxi

雖 然 有 的 不 是 全 新 的 物 品，但 是 外 表 看
suīrán yǒude búshì quánxīn de wùpǐn dànshì wàibiǎo kàn

起 來 還 很 新，而 且 價 格 也 很 低。如 果 再 跟
qǐlái hái hěn xīn érqiě jiàgé yě hěn dī rúguǒ zài gēn

老 闆 殺 價，價 格 還 會 更 低。有 時 候 在 市 場
lǎobǎn shājià jiàgé hái huì gèng dī yǒu shíhòu zài shìchǎng

裡 逛 逛，常 常 可 以 發 現 很 多「物 超 所
lǐ guàngguàng chángcháng kěyǐ fāxiàn hěnduō wù chāo suǒ

值」的 東西，我 的 臺灣 朋 友 說 這 就 叫做
zhí de dōngxi wǒ de Táiwān péngyǒu shuō zhè jiù jiàozuò

「挖寶」，眞 是 一個 有 趣 的 名字！
wābǎo zhēnshì yíge yǒuqù de míngzi

## (二)問題
wèntí

_____ 1. 「二手市場」裡賣的是什麼東西？

(A) 特別的東西

(B) 全新的東西

(C) 用過的東西

(D) 看起來很漂亮的東西

_____ 2. 「殺價」是什麼意思？

(A) 希望能買到全新的東西

(B) 希望價格更高

(C) 希望能買到特別的東西

(D) 希望價格更低

_____ 3. 下面哪一個是對的？

(A) 品書週末喜歡去逛百貨公司

(B) 二手市場裡賣的東西看起來都很舊

(C) 品書最喜歡逛書店

(D) 二手市場裡賣的東西價格都很高

_____ 4. 「一個不小心」是什麼意思？

(A) 很小心

(B) 很危險

(C) 沒有注意到

(D) 希望趕快發生

_____ 5.「已經」可以放下面哪一個句子裡？

　　(A) 這個題目很難，我□□想到答案。

　　(B) 不能再吃了！我□□很飽了。

　　(C) 這麼巧！我□□才想到你，你就打電話來了。

　　(D) 我□□正要出門買東西，你和我一起去吧！

## (三)生 詞
shēngcí

| | 生詞 | 漢語拼音 | 文意解釋 |
|---|---|---|---|
| 1 | 東西 | dōngxi | things,object |
| 2 | 方便 | fāngbiàn | convenient |
| 3 | 逛街 | guàngjiē | go shopping |
| 4 | 購物 | gòuwù | shopping |
| 5 | 商店 | shāngdiàn | a store,a shop |
| 6 | 則 | zé | then, in that case |
| 7 | 材料 | cáiliào | materials,makings |
| 8 | 逛 | guàng | stroll, ramble, roam |
| 9 | 百貨公司 | bǎihuògōngsī | department store |
| 10 | 碰 | pèng | meet, encounter, run into |
| 11 | 打折 | dǎzhé | to give a discount |
| 12 | 二手市場 | èrshǒu shìchǎng | second-hand market |
| 13 | 外表 | wàibiǎo | appearance |
| 14 | 價格 | jiàgé | the price,the cost |
| 15 | 殺價 | shājià | bargain |
| 16 | 物超所值 | wùchāosuǒzhí | good value for money |

# 四十五．筷子
## kuàizi

## (一)短文 duǎnwén

中國人用「筷子」吃飯，與西方人使用
Zhōngguórén yòng kuàizi chīfàn yǔ xīfāngrén shǐyòng

刀子和叉子吃飯不一樣。對第一次使用筷子的
dāozi hé chāzi chīfàn bùyíyàng duì dìyīcì shǐyòng kuàizi de

外國人來說，這是一件非常不簡單的事情。
wàiguórén láishuō zhèshì yíjiàn fēicháng bù jiǎndān de shìqíng

但是你知道嗎？中國人使用筷子的歷史
dànshì nǐ zhīdào ma Zhōngguórén shǐyòng kuàizi de lìshǐ

已經有三千多年了，而且在最早的時候，
yǐjīng yǒu sānqiānduōnián le érqiě zài zuìzǎo de shíhòu

只有富有的人才可以使用筷子，一般的人
zhǐyǒu fùyǒu de rén cái kěyǐ shǐyòng kuàizi yìbān de rén

只能 用 手吃飯，所以「筷子」在 那個 時候 代
zhǐnéng yòng hǒu chīfàn suǒyǐ kuàizi zài nàge shíhòu dài

表了 身 分 和 地位。
biǎole shēnfèn hé dìwèi

在 不一樣 的 場合 送「筷子」，也 代表
zài bùyíyàng de chǎnghé sòng kuàizi yě dàibiǎo

不同的 祝福。因爲一 雙 筷子有 兩 枝，
bù tóng de zhùfú yīnwèi yìshuāng kuàizi yǒu liǎng zhī

所以 送 情侶 筷子有「成 雙 成 對」，
suǒyǐ sòng qínglǚ kuàizi yǒu chéng shuāng chéng duì

永 遠 不 分開 的 意思。
yǒngyuǎn bù fēn kāi de yìsi

又 因爲「筷」和「快」的 發音 一 樣，「快」
yòu yīnwèi kuài hé kuài de fāyīn yíyàng kuài

是 快 點 的意思，所以 送 結婚 的人 筷子有
shì kuàidiǎn de yìsi suǒyǐ sòng jiéhūn de rén kuàizi yǒu

「快點生孩子」的意思；送 滿月 的 小孩筷子，
kuàidiǎn shēng háizi de yìsi sòng mǎnyuè de xiǎohái kuàizi

則是 希望 他「快 點 長 大」。
zéshì xīwàng tā kuàidian zhǎngdà

## (二)問題
wèntí

_____ 1. 以前什麼樣的人才可以使用筷子？

    (A) 一般的人

    (B) 有錢的人

    (C) 聰明的

    (D) 每個人都可以使用

_____ 2. 第一次使用筷子的外國人，覺得怎麼樣？

    (A) 很簡單

    (B) 很有趣

    (C) 很不容易

    (D) 很奇怪

_____ 3. 爲什麼送筷子給情侶，有「成雙成對」的意思？

    (A) 因爲「筷」和「快」發音相同

    (B) 因爲筷子的形狀細細長長的

    (C) 因爲情侶吃飯都會用到筷子

    (D) 因爲一雙筷子有兩根，必須一起使用，不能分開

_____ 4. 「一雙」可以加上下面哪一個？

    (A) 傘

    (B) 眼鏡

    (C) 鞋子

    (D) 桌子

_____ 5. 「對於」可以放進下面哪一個句子裡？

    (A) 我今天看了一本□□學習中文的書。

    (B) 我□□這件事非常清楚。

    (C) □□你動作太慢，所以我們都遲到了。

    (D) □□你怎麼說，我都要這樣做。

## (三) 生 詞
shēngcí

| | 生詞 | 漢語拼音 | 文意解釋 |
|---|---|---|---|
| 1 | 筷子 | kuàizi | chopsticks |
| 2 | 刀子 | dāozi | knife |
| 3 | 叉子 | chāzi | fork |
| 4 | 歷史 | lìshǐ | history |
| 5 | 富有 | fùyǒu | wealthy, rich |
| 6 | 一般 | yìbān | ordinary,usual, average |
| 7 | 代表 | dàibiǎo | to represent, to stand for |
| 8 | 身分 | shēnfèn | identity |
| 9 | 地位 | dìwèi | social position,socialstatus |
| 10 | 場合 | chǎnghé | occasions |
| 11 | 祝福 | zhùfú | a blessing,best wishes |
| 12 | 情侶 | qínglǚ | lovers,couple |
| 13 | 成雙成對 | chéng shuāng chéng duì | to be paired or coupled |
| 14 | 發音 | fāyīn | pronunciation |
| 15 | 滿月 | mǎnyuè | a baby's completion of its first month of life, full month |

# 四十六．情人節 趣事
## Qíngrénjié qùshì

（一）短文
duǎnwén

今天是 情人節，也是一個重 要的日子，因
jīntiān shì Qíngrénjié yě shì yíge zhòngyào de rìzi yīn

爲我想 準備一個驚喜向 我的女朋 友求婚。
wèi wǒ xiǎng zhǔnbèi yíge jīngxǐ xiàng wǒ de nǚpéngyǒu qiúhūn

她最喜歡 的點心是 巧克力 蛋糕，所以我
tā zuì xǐhuān de diǎnxīn shì qiǎokèlì dàngāo suǒyǐ wǒ

想 把戒指偷 偷地藏在裡面，這 樣 她吃蛋糕
xiǎng bǎ jièzhǐ tōutōu de cáng zài lǐmiàn zhèyàng tā chī dàngāo

的時 候，就會發現 我幫她準備 的 禮物。
de shíhòu jiù huì fāxiàn wǒ bāng tā zhǔnbèi de lǐwù

爲了讓 她快點 找 到 戒指，於是 我跟 她
wèile ràng tā kuàidiǎn zhǎodào jièzhǐ yú shì wǒ gēn tā

說：「親愛的，我 們 來比賽，看 誰可以 先把蛋糕
shuō qīnàide wǒmen lái bǐsài kàn shéi kěyǐ xiān bǎ dàngāo

吃完。」沒有 想 到她的肚子眞的很餓，大口大
chīwán méiyǒu xiǎngdào tā de dùzi zhēnde hěn è dà kǒu dà

口 的吃 蛋糕，居然也 把戒指吃 進 肚子裡了！
kǒu de chī dàngāo jūrán yě bǎ jièzhǐ chījìn dùzilǐ le

最後，我 們 只好在醫院 度 過了情人節，眞
zuìhòu wǒmen zhǐhǎo zài yīyuàn dù guòle Qíngrénjié zhēn

是一點 都不浪漫！而且她看到這枚戒指，也
shì yìdiǎn dōu bú làngmàn érqiě tā kàndào zhè méi jièzhǐ yě

已經是三天後的事情了。
yǐjīng shì sāntiān hòu de shìqíng le

## (二)問題
wèntí

_____ 1. 準備戒指是因為？

　　(A) 贏得比賽的人可以得到戒指

　　(B) 女朋友生日

　　(C) 想跟女朋友求婚

　　(D) 買巧克力蛋糕就送戒指

_____ 2. 請問「偷偷地藏在裡面」的「偷偷地」是什麼意思？

    (A) 告訴很多人

    (B) 很小心

    (C) 拿別人的東西

    (D) 不讓別人知道

_____ 3. 下面哪一個是對的？

    (A) 女朋友把戒指吞進肚子裡了

    (B) 女朋友馬上就收到了戒指，而且很喜歡

    (C) 女朋友不喜歡蛋糕

    (D) 他們度過了浪漫的情人節

_____ 4. 請問「沒想到」是什麼意思？

    (A) 題目很難，想不出答案

    (B) 本來想不到的事情發生了

    (C) 忘了事情

    (D) 已經想到的事情發生了

_____ 5. 請問「一點也不浪漫」是什麼意思？

    (A) 很不浪漫

    (B) 有一點浪漫

    (C) 很浪漫

    (D) 非常浪漫

## (三)生詞
shēngcí

| | 生詞 | 漢語拼音 | 文意解釋 |
|---|---|---|---|
| 1 | 情人節 | Qíngrénjié | Valentine's Day |
| 2 | 重要 | zhòngyào | important,major,significant |
| 3 | 準備 | zhǔnbèi | to prepare,to fix for,to arrange |

| | 生詞 | 漢語拼音 | 文意解釋 |
|---|---|---|---|
| 4 | 驚喜 | jīngxǐ | surprises |
| 5 | 求婚 | qiúhūn | to propose to |
| 6 | 點心 | diǎnxīn | a snack,pastry |
| 7 | 巧克力蛋糕 | qiǎokèlì dàngāo | chocolate cake |
| 8 | 戒指 | jièzhǐ | a ring |
| 9 | 偷偷 | tōutou | stealthily, secretly |
| 10 | 藏 | cáng | to hide,to conceal |
| 11 | 親愛 | qīnài | dear,beloved |
| 12 | 比賽 | bǐsài | match,competition |
| 13 | 肚子 | dùzi | the belly,the stomach |
| 14 | 餓 | è | hungry |
| 15 | 居然 | jūrán | unexpectedly |
| 16 | 度過 | dùguò | get through |
| 17 | 浪漫 | làngmàn | romantic |

# 四十七．塞翁失馬
## sài wēng shī mǎ

很久以前，中國的邊疆附近有一個老人。
hěnjiǔ yǐqián Zhōngguó de biānjiāng fùjìn yǒu yíge lǎorén

他家的馬跑出去好幾天，都沒有跑回來。
tājiā de mǎ pǎochūqù hǎojǐ tiān dōu méiyǒu pǎo huílái

他的鄰居知道了，都去安慰他。
tā de línjū zhīdào le dōu qù ānwèi tā

老人說：「這沒什麼，說不定還會有好
lǎorén shuō zhè méishéme shuōbúdìng hái huì yǒu hǎo

事情發生呢！」
shìqíng fāshēng ne

後來，老人的馬跑回來了，有一匹好馬也跟
hòulái lǎorén de mǎ pǎo huílái le yǒu yìpī hǎomǎ yě gēn

著老人的馬回來。
zhe lǎorén de mǎ huílái

鄰居知道了，都跟老人說恭喜。
línjū zhīdào le dōu gēn lǎorén shuō gōngxǐ

老人回答：「這也沒什麼，不用太高興，
lǎorén huídá zhè yě méishéme búyòng tài gāoxìng

說不定以後會發生壞事呢！」
shuōbúdìng yǐhòu huì fāshēng huàishì ne

不久，老人 的 兒子騎馬 跌倒，腿 斷 了。
bùjiǔ　lǎorén　de　érzi　qímǎ　diédǎo　tuǐ duàn le

鄰居 又 跑 去安慰 老人。
línjū　yòu pǎo　qù　ānwèi　lǎorén

老人 說：「腿 斷 了，說 不 定 是 好事 呢！」。
lǎorén shuō　　tuǐ duàn le　shuōbúdìng shì hǎoshì ne

過了一年，邊 疆 附近發 生　戰　爭，很多 人
guòle　yìnián　biānjiāng fùjìn fāshēng zhànzhēng　hěnduō rén

都 因 爲參加戰　爭死 掉了。老人 的 兒子 因爲
dōu　yīnwèi cānjiā zhànzhēng sǐ diào le　　lǎorén de　érzi　yīnwèi

腿 斷 了，所以 幸 運 地 不用　去參加戰　爭。
tuǐ duàn le　　suǒyǐ　xìngyùnde búyòng　qù　cānjiā zhànzhēng

這就是 成語「塞翁 失馬」的 故事。
zhè jiùshì　chéngyǔ　sài wēng shī mǎ　de　gùshì

意思 是：發 生 不 好 的 事情，但是 也因 爲
yìsi　shì　fāshēng　bùhǎo de　shìqíng dànshì　yě yīnwèi

這 樣 得 到 了好 處。
zhèyàng　dédàole　hǎochù

所以，好事未必就一 定 好，壞 事也 不一定
suǒyǐ　hǎoshì wèibì jiù yídìng hǎo　huàishì yě bù yídìng

就 不 好。
jiù　bù hǎo

## (二)問題
wèntí

_____ 1. 你覺得「安慰」在短文中是什麼意思？

(A) 請老人再買新的馬

(B) 希望老人身體健康

(C) 跟老人說對不起

(D) 請老人不要難過

_____ 2. 為什麼老人說：「這沒什麼」？

(A) 老人沒有馬了。

(B) 老人覺得「馬跑走了」不是重要的事情。

(C) 老人覺得跑走的馬不是好馬

(D) 老人想買新的馬

_____ 3. 老人的家裡一共發生了幾次不好的事情？

(A) 1

(B) 2

(C) 3

(D) 4

_____ 4. 你覺得什麼時候回答「這沒什麼！」比較好？

(A) 同學對你說：「謝謝你的幫忙！」

(B) 朋友告訴你：「我的爸爸昨天生病了。」

(C) 老師生氣地問你：「你怎麼沒有寫功課？」

(D) 媽媽問你：「你什麼時候要回家？」

_____ 5. 下面哪一個正確？

(A) 老人的馬沒有回來

(B) 老人的馬跑走了，老人覺得很難過

(C) 老人覺得腿斷了不一定是壞事

(D) 老人的兒子參加戰爭死掉了

## (三)生 詞
shēngcí

| | 生詞 | 漢語拼音 | 文意解釋 |
|---|---|---|---|
| 1 | 邊疆 | biānjiāng | boundary, border |
| 2 | 鄰居 | línjū | neighbor |
| 3 | 安慰 | ānwèi | comfort, console |
| 4 | 沒什麼 | méishéme | nothing important, not bad, it is nothing to |
| 5 | 說不定 | shuōbúdìng | perhaps, maybe |
| 6 | 匹 | pī | Measure word for horses, mules, camels, etc. |
| 7 | 不久 | bùjiǔ | before long |
| 8 | 跌倒 | diédǎo | fall, tumble |
| 9 | 斷 | duàn | break, cut off, break off |
| 10 | 戰爭 | zhànzhēng | war, warfare |
| 11 | 幸運 | xìngyùn | very fortunate, lucky |
| 12 | 成語 | chéngyǔ | set phrase, idiom |
| 13 | 塞翁失馬 | sài wēng shī mǎ | blessing in disguise |
| 14 | 得到 | dédào | succeed in obtaining, gain, receive |
| 15 | 好處 | hǎochù | good, benefit, advantage, gain, profit |
| 16 | 未必 | wèibì | may not, not necessarily |

# 四十八. 陳 樹菊
## Chén Shùjú

(一)短文
duǎnwén

臺 灣 是 個 很 有 愛心 的 地 方，你 知 道
Táiwān shì ge hěn yǒu àixīn de dìfāng nǐ zhīdào

陳 樹 菊 這 個人 嗎？
Chén Shùjú zhè ge rén ma

陳 樹菊 是2010年《時代 雜誌》「時代 百大人
Chén Shùjú shì nián Shídài zázhì shídài bǎidà rén

物」的 其中 一個人。她是臺灣 人，住在 臺東。
wù de qízhōng yíge rén tā shì Táiwān rén zhùzài Táidōng

她13歲 的 時 候，媽 媽 生 病 死掉了。
tā suì de shíhòu māma shēngbìng sǐdiào le

陳 樹菊是 家裡的「長 女」，所 以 她 決 定
Chén Shùjú shì jiālǐ de zhǎngnǚ suǒyǐ tā juédìng

不去 上 學，要 幫 忙 爸爸 工作。她在 市 場
búqù shàngxué yào bāngmáng bàba gōngzuò tā zài shìchǎng

賣菜 賺 錢，讓 哥哥、弟弟 和 妹妹 可以 去 上 學。
màicài zhuànqián ràng gēge dìdi hàn mèimei kěyǐ qù shàngxué

她 一天 工作19個小 時，但只吃 一餐、只花100
tā yìtiān gōngzuò ge xiǎoshí dàn zhǐ chī yìcān zhǐ huā

元。雖 然 她 沒 有 錢，而且 工作 很辛苦，可是，
yuán suīrán tā méiyǒu qián érqiě gōngzuò hěn xīnkǔ kěshì

她還是會把自己的錢拿出來 幫助別人。
tā háishì huì bǎ zìjǐ de qián náchūlái bāngzhù biérén

這麼多年以來，她一共 捐出了1000萬元，
zhème duōnián yǐlái tā yígòng juānchūle wàn yuán

幫助過沒有爸媽的孩子上學，也幫助了她
bāngzhù guò méiyǒu bàmā de háizi shàngxué yě bāngzhùle tā

唸過的小學蓋圖書館。
niànguò de xiǎoxué gài túshūguǎn

當她知道她是《時代雜誌》的百大人物的
dāng tā zhīdào tā shì Shídài zázhì de bǎidà rénwù de

時候，她說：「這不算 什麼。」她希望以後
shíhòu tā shuō zhè búsuàn shéme tā xīwàng yǐhòu

可以再存1000萬元，讓沒有錢的人也可以看
kěyǐ zài cún wàn yuán ràng méiyǒu qián de rén yě kě yǐ kàn

醫生、吃飯。
yīshēng chīfàn

她認為：「錢，要給需要的人才有用。」
tā rènwéi qián yào gěi xūyào de rén cái yǒuyòng

## (二)問題
wèntí

_____ 1. 什麼是「長女」？

  (A) 爸媽的第一個兒子

  (B) 爸媽的第二個女兒

  (C) 爸媽的第一個女兒

  (D) 爸媽的最高的女兒

_____ 2. 爲什麼陳樹菊不去上學？

  (A) 她覺得自己很聰明

  (B) 她不喜歡上學

  (C) 她喜歡賣菜

  (D) 她要幫忙她的爸爸賺錢

_____ 3. 爲什麼陳樹菊說「這不算什麼」？

  (A) 她算不出來她有多少錢

  (B) 她不想算她有多少錢

  (C) 她不喜歡《時代》雜誌

  (D) 她覺得人做好事是當然的

_____ 4. 陳樹菊還沒有做過哪件事情？

  (A) 幫助小學蓋圖書館

  (B) 幫助沒有錢的人看醫生

  (C) 幫助沒有爸媽的孩子上學

  (D) 幫助爸爸賣菜

_____ 5. 哪個句子用的「雖然」是對的？

  (A) 雖然你喜歡運動，你可以去打籃球。

  (B) 雖然我太晚起床，所以我今天上班遲到了。

  (C) 我雖然喜歡吃蘋果，還喜歡吃西瓜。

  (D) 雖然我喜歡英文，可是我不喜歡寫英文字。

## ㈢生詞
shēngcí

| | 生詞 | 漢語拼音 | 文意解釋 |
|---|---|---|---|
| 1 | 愛心 | àixīn | mercy, benevolence, pity |
| 2 | 時代雜誌 | Shídài zázhì | Time (trademarked in capitals as TIME) is an American news magazine. |
| 3 | 時代百大人物 | Shídài bǎidà rénwù | Time 100 is an annual list of the 100 most influential people in the world, as assembled by Time. |
| 4 | 其中 | qízhōng | among (which, them, etc.); in (which, it, etc.) |
| 5 | 臺灣 | Táiwān | The Republic of China (ROC), commonly known as Taiwan, is a sovereign state located in East Asia. |
| 6 | 臺東 | Táidōng | a county in eastern Taiwan |
| 7 | 死 | sǐ | be dead,doomed |
| 8 | 長女 | zhǎngnǚ | eldest daughter |
| 9 | 賺錢 | zhuànqián | make money,profit, earn money |
| 10 | 花 | huā | to spend, to cost |
| 11 | 捐 | juān | contribute, subscribe |
| 12 | 蓋 | gài | build, construct |
| 13 | 以來 | yǐlái | since |
| 14 | 當 | dāng | at(the time of), while |
| 15 | 這不算什麼 | zhè búsuàn shéme | It is not a big deal. |
| 16 | 存 | cún | store, deposit (money) |

# 四十九、許記 生 煎 包
## Xǔjì shēngjiānbāo

(一)短文
duǎnwén

來到 臺北市 的「師大 夜市」，你 非 吃「許記
láidào Táiběishì de Shīdà yèshì nǐ fēi chī Xǔjì

生 煎 包」不可。
shēngjiānbāo bùkě

175

「許記 生煎包」是 師大 夜市 裡面 有名 的
Xǔjì shēngjiānbāo shì Shīdà yèshì lǐmiàn yǒumíng de

小吃。小小 的 一個 生 煎 包 裡面，有 高麗菜 和
xiǎochī xiǎoxiǎo de yíge shēngjiānbāo lǐmiàn yǒu gāolícài hàn

豬肉，上 面 還有 白芝麻。很多 客人 吃了 以後，
zhūròu shàngmiàn háiyǒu báizhīmá hěnduō kèrén chīle yǐhòu

都 愛上 它 的味道，吃了 還 想 再 吃。
dōu àishàng tā de wèidào chīle hái xiǎng zài chī

「許記 生煎包」在 師大 夜市 已經 賣了20幾 年
Xǔjì shēngjiānbāo zài Shīdà yèshì yǐjīng màile jǐnián

了，每天的 生意都 很好，常 常 都 可以 看到
le měitiān de shēngyì dōu hěnhǎo chángcháng dōu kěyǐ kàndào

「大 排 長 龍」的 客人 等 著 買 生 煎包。
dà pái cháng lóng de kèrén děngzhe mǎi shēngjiānbāo

聽 說「許記生煎包」一天 大 約 可以 賣 一
tīngshuō Xǔjì shēngjiānbāo yìtiān dàyuē kěyǐ mài yì

千 個，老 闆 賣 完 就 休 息 了。
qiānge  lǎobǎn  màiwán jiù xiūxí  le

如 果 你 想 來 試 試 看 生 煎 包 的 味 道，千
rúguǒ  nǐ xiǎng lái shìshi kàn shēngjiānbāo de wèidào qiān

萬 不 要 太 晚 來，不 然 就 吃 不 到 好 吃 的 生
wàn  búyào tài wǎn lái  bùrán  jiù  chībúdào  hǎochī de shēng

煎 包 了！
jiānbāo  le

## (二)問題
wèntí

_____ 1. 什麼是「非吃許記生煎包不可」？
　　　　(A) 一定要吃許記生煎包
　　　　(B) 不可以吃許記生煎包
　　　　(C) 可以不吃許記生煎包
　　　　(D) 可以吃，也可以不吃許記生煎包

_____ 2. 哪個不是做「生煎包」會用到的東西？
　　　　(A) 白芝麻
　　　　(B) 高麗菜
　　　　(C) 花生
　　　　(D) 豬肉

_____ 3. 「許記生煎包每天的生意都很好」的意思是？
　　　　(A) 買生煎包的客人不多
　　　　(B) 買生煎包的客人很少
　　　　(C) 買生煎包的客人很多
　　　　(D) 買生煎包的客人很好

_____ 4. 哪一個是錯的？

(A) 師大夜市裡面有許記生煎包

(B) 許記生煎包已經賣了20幾年了

(C) 客人吃了一次生煎包就不想再吃

(D) 「許記生煎包」一天可以賣一千個

_____ 5. 哪個句子跟圖片的意思不一樣？

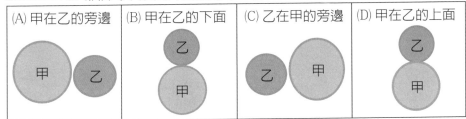

| | (A) 甲在乙的旁邊 | (B) 甲在乙的下面 | (C) 乙在甲的旁邊 | (D) 甲在乙的上面 |

## (三) 生 詞 shēngcí

| | 生詞 | 漢語拼音 | 文意解釋 |
|---|---|---|---|
| 1 | 臺北市 | Táiběishì | Taipei city |
| 2 | 師大夜市 | Shīdà yèshì | Shida Night Market |
| 3 | 非……不可 | fēi ……bùkě | Indispensable (for a particular action) |
| 4 | 許記生煎包 | Xǔjì shēngjiānbāo | Xuji pan fried stuffed dumplings |
| 5 | 有名 | yǒumíng | well-known, famous |
| 6 | 小吃 | xiǎochī | snack, refreshment, cold/prepared dish |
| 7 | 高麗菜 | gāolícài | cabbage |
| 8 | 豬肉 | zhūròu | pork |
| 9 | 白芝麻 | báizhīmá | white sesame seeds |
| 10 | 生意 | shēngyì | business, trade |
| 11 | 大排長龍 | dàpáichánglóng | long line, bump-to-bump |
| 12 | 大約 | dàyuē | approximately, probably, likely |
| 13 | 老闆 | lǎobǎn | boss, shopkeeper, proprietor |
| 14 | 千萬 | qiānwàn | by all means, absolutely |
| 15 | 晚 | wǎn | to be late |
| 16 | 不然 | bùrán | otherwise, if not, or else |

# 五十. 大胃王 小林 樽
## dàwèiwáng Xiǎolín Zūn

(一)短文
duǎnwén

你 知 道 在 中 文 中，我 們 叫「短 時 間
nǐ zhīdào zài zhōngwén zhōng wǒmen jiào duǎn shíjiān

內可以 吃下 很多 食物的人」什麼 嗎?答案
nèi kěyǐ chīxià hěnduō shíwù de rén shéme ma dáàn

就是──大胃 王。
jiùshì dàwèiwáng

小 林 樽是日本的大胃 王。
Xiǎolín Zūn shì Rìběn de dàwèiwáng

在2001 年，也 就是 小 林 樽23歲 的 時 候。他 參
zài nián yě jiùshì Xiǎolín Zūn suì de shíhòu tā cān

加了美國 紐 約 舉辦的「國際吃熱狗 大賽」。他
jiā le Měiguó Niǔyuē jǔbàn de guójì chī règǒu dàsài tā

在12分 鐘 以內吃下了50 支 熱狗，得到了 冠軍。
zài fēnzhōng yǐnèi chīxiàle zhī règǒu dédào le guànjūn

從 那一年 開 始，小 林 樽 每年 都 會 參 加
cóng nà yìnián kāishǐ Xiǎolín Zūn měinián dōuhuì cānjiā

「國際吃 熱狗 大賽」，並且 之後 得到了 5次
guójì chī règǒu dàsài bìngqiě zhīhòu dédào le cì

冠軍。直到 2007 年 輸給了 Joey Chestnut 為 止。
guànjūn zhídào nián shūgěile wéizhǐ

在2010年的「國際吃熱狗大賽」，小林樽雖然不
zài nián de guójì chī règǒu dàsài Xiǎolín Zūn suīrán bù

能 參加，可是他自己也在 比賽 地方 的 旁邊 吃
néng cānjiā kěshì tā zìjǐ yě zài bǐsài dìfāng de pángbiān chī

熱狗。最後他在10分 鐘 以內，吃了69支 熱狗。
règǒu zuìhòu tā zài fēnzhōng yǐnèi chīle zhī règǒu

比那一年 的 冠 軍Joey Chestnut 還 多出了7支 呢！
bǐ nàyìnián de guànjūn hái duōchūle zhī ne

（二）問題
wèntí

_____ 1. 在10分鐘內，吃得最□的人，我們可以叫他「大胃王」。□應
該是什麼詞？

(A) 大

(B) 好

(C) 美

(D) 多

_____ 2. 小林樽一共得到了幾次「國際吃熱狗大賽」的冠軍？

　　　(A) 1

　　　(B) 5

　　　(C) 6

　　　(D) 12

_____ 3.「我最喜歡吃□□」，「□□」不可以是哪個東西？

　　　(A) 水果

　　　(B) 汽水

　　　(C) 熱狗

　　　(D) 麵包

_____ 4. 哪一個是對的？

　　　(A) 小林樽在2001年的比賽，吃了69支熱狗

　　　(B) Joey Chestnut在2010年的比賽吃了76支熱狗

　　　(C) 小林樽2007年輸給了Joey Chestnut

　　　(D) 小林樽參加了2010年的「國際吃熱狗大賽」

_____ 5. 短文最想告訴你的事情是下面哪一件？

　　　(A) 介紹日本的大胃王——小林樽

　　　(B) 介紹Joey Chestnut是2007年「國際吃熱狗大賽」的冠軍

　　　(C) 介紹「國際吃熱狗大賽」

　　　(D) 介紹大胃王——Joey Chestnut

## (三) 生　詞
shēngcí

| | 生詞 | 漢語拼音 | 文意解釋 |
|---|---|---|---|
| 1 | 日本 | Rìběn | Japan |
| 2 | 答案 | dáàn | answer, solution, key |
| 3 | 大胃王 | dàwèiwáng | big eater, king of big stomach |

| | 生詞 | 漢語拼音 | 文意解釋 |
|---|---|---|---|
| 4 | 美國 | měiguó | U.S.A., American |
| 5 | 紐約 | Niǔyuē | New york |
| 6 | 舉辦 | jǔbàn | conduct, hold, run |
| 7 | 國際吃熱狗大賽 | guójì chī règǒu dàsài | Nathan's Hot Dog Eating Contest |
| 8 | 分鐘 | fēnzhōng | minute |
| 9 | 以內 | yǐnèi | within, less than |
| 10 | 支 | zhī | individual measure word for rod-shaped goods |
| 11 | 之後 | zhīhòu | later, behind, at the back of, after |
| 12 | 得到 | dédào | succeed in obtaining, gain, receive |
| 13 | 冠軍 | guànjūn | champion |
| 14 | 直到 | zhídào | until, up to |
| 15 | 輸 | shū | to lose, to be defeated |
| 16 | 為止 | wéizhǐ | stop here |
| 17 | 比賽 | bǐsài | match, competition |

# 解答

## 單元一　表格

### 一、通知
1.(C)　2.(A)　3.(C)　4.(D)　5.(D)

### 二、出租房子
1.(A)　2.(D)　3.(A)　4.(C)　5.(A)

### 三、商店徵人
1.(A)　2.(A)　3.(C)　4.(B)　5.(D)

### 四、標語
1.(D)　2.(C)　3.(D)　4.(C)　5.(A)

### 五、書店
1.(B)　2.(C)　3.(A)　4.(C)　5.(D)

### 六、高鐵
1.(A)　2.(A)　3.(A)　4.(B)　5.(A)

### 七、火鍋店
1.(A)　2.(C)　3.(D)　4.(C)　5.(B)

### 八、學生生活備忘錄
1.(C)　2.(A)　3.(C)　4.(D)　5.(A)

### 九、好美味餐廳
1.(B)　2.(D)　3.(A)　4.(C)　5.(B)

### 十、火車
1.(C)　2.(D)　3.(A)　4.(B)　5.(C)

## 單元二　對話

### 十一、全家人的照片
1.(B)　2.(C)　3.(C)　4.(A)　5.(D)

### 十二、在教室裡
1.(C)　2.(C)　3.(D)　4.(B)　5.(A)

### 十三、在餐廳裡
1.(D)　2.(B)　3.(A)　4.(C)　5.(C)

### 十四、司機和乘客
1.(A)　2.(C)　3.(B)　4.(C)　5.(A)

### 十五、電話留言
1.(B)　2.(D)　3.(A)　4.(C)　5.(B)

### 十六、飯後的活動
1.(D)　2.(C)　3.(A)　4.(A)　5.(C)

### 十七、上個週末做了什麼？
1.(B)　2.(D)　3.(C)　4.(A)　5.(C)

### 十八、白頭髮和成績
1.(A)　2.(C)　3.(B)　4.(D)　5.(B)

### 十九、問路
1.(B)　2.(B)　3.(A)　4.(D)　5.(A)

### 二十、酒後開車
1.(B)　2.(D)　3.(C)　4.(B)　5.(D)

## 單元三　短文

### 二十一、進步一名
1.(D)　2.(C)　3.(B)　4.(C)　5.(C)

### 二十二、媽媽的留言
1.(D)　2.(D)　3.(D)　4.(B)　5.(C)

### 二十三、老人與年輕人
1.(C)　2.(A)　3.(B)　4.(B)　5.(B)

二十四、感謝探望

1.(B)　2.(C)　3.(C)　4.(D)　5.(A)

二十五、常掉傘的羅先生

1.(C)　2.(D)　3.(A)　4.(B)　5.(C)

二十六、寄包裹

1.(D)　2.(D)　3.(B)　4.(C)　5.(A)

二十七、男孩與農夫

1.(D)　2.(D)　3.(A)　4.(A)　5.(C)

二十八、說謊比賽

1.(B)　2.(C)　3.(D)　4.(A)　5.(A)

二十九、買「東西」

1.(B)　2.(C)　3.(A)　4.(C)　5.(A)

三十、真話與假話

1.(A)　2.(A)　3.(A)　4.(C)　5.(D)

三十一、東西掉了

1.(A)　2.(C)　3.(D)　4.(B)　5.(B)

三十二、我的家庭

1.(C)　2.(D)　3.(B)　4.(A)　5.(C)

三十三、好好先生

1.(D)　2.(C)　3.(B)　4.(A)　5.(C)

三十四、臺北公車與捷運

1.(B)　2.(C)　3.(B)　4.(C)　5.(A)

三十五、履歷

1.(D)　2.(B)　3.(B)　4.(C)　5.(A)

三十六、鬼月禁忌

1.(A)　2.(C)　3.(D)　4.(B)　5.(D)

三十七、貓頭鷹蹲

1.(B)　2.(D)　3.(C)　4.(D)　5.(A)

三十八、台灣小朋友學英文

1.(C)　2.(D)　3.(B)　4.(D)　5.(A)

三十九、三人成虎

1.(A)　2.(A)　3.(D)　4.(D)　5.(B)

四十、嫦娥奔月

1.(C)　2.(B)　3.(D)　4.(A)　5.(B)

四十一、問候信

1.(D)　2.(B)　3.(A)　4.(C)　5.(B)

四十二、十二生肖

1.(C)　2.(B)　3.(A)　4.(D)　5.(C)

四十三、世界麵包冠軍—吳寶春

1.(D)　2.(B)　3.(C)　4.(D)　5.(C)

四十四、購物

1.(C)　2.(D)　3.(A)　4.(C)　5.(B)

四十五、筷子

1.(B)　2.(C)　3.(D)　4.(C)　5.(B)

四十六、情人節趣事

1.(C)　2.(C)　3.(D)　4.(B)　5.(A)

四十七、塞翁失馬

1.(D)　2.(B)　3.(B)　4.(A)　5.(C)

四十八、陳樹菊

1.(C)　2.(D)　3.(D)　4.(B)　5.(D)

四十九、許記生煎包

1.(A)　2.(C)　3.(C)　4.(C)　5.(D)

五十、大胃王小林樽

1.(D)　2.(C)　3.(B)　4.(C)　5.(A)

國家圖書館出版品預行編目資料

華語文閱讀測驗—初級篇／楊琇惠著. －－三
版.－－臺北市：五南圖書出版股份有限公
司, 2023.04
面；　公分
ISBN 978-626-343-973-3（平裝）

1.漢語　2.讀本

802.86　　　　　　　　　112004266

1X8W

# 華語文閱讀測驗—初級篇

編 著 者 — 楊琇惠(317.1)

編輯助理 — 林吟屏、曲禹宣

編輯主編 — 黃惠娟

責任編輯 — 魯曉玟

封面設計 — 黃聖文

內文插畫 — 俞家燕

出 版 者 — 五南圖書出版股份有限公司

發 行 人 — 楊榮川

總 經 理 — 楊士清

總 編 輯 — 楊秀麗

地　　　址：106臺北市大安區和平東路二段339號4樓

電　　　話：(02)2705-5066　　傳　真：(02)2706-6100

網　　　址：https://www.wunan.com.tw

電子郵件：wunan@wunan.com.tw

劃撥帳號：01068953

戶　　　名：五南圖書出版股份有限公司

法律顧問　林勝安律師

出版日期　2012年 4 月初版一刷
　　　　　2016年 4 月二版一刷（共五刷）
　　　　　2023年 4 月三版一刷
　　　　　2025年 2 月三版五刷

定　　　價　新臺幣300元

# 經典永恆·名著常在

## 五十週年的獻禮——經典名著文庫

　　五南，五十年了，半個世紀，人生旅程的一大半，走過來了。
　　思索著，邁向百年的未來歷程，能為知識界、文化學術界作些什麼？
　　在速食文化的生態下，有什麼值得讓人雋永品味的？

　　歷代經典·當今名著，經過時間的洗禮，千錘百鍊，流傳至今，光芒耀人；
　　不僅使我們能領悟前人的智慧，同時也增深加廣我們思考的深度與視野。
　　我們決心投入巨資，有計畫的系統梳選，成立「經典名著文庫」，
　　希望收入古今中外思想性的、充滿睿智與獨見的經典、名著。
　　這是一項理想性的、永續性的巨大出版工程。
　　不在意讀者的眾寡，只考慮它的學術價值，力求完整展現先哲思想的軌跡；
　　為知識界開啟一片智慧之窗，營造一座百花綻放的世界文明公園，
　　任君遨遊、取菁吸蜜、嘉惠學子！